*El humo dormido*

Letras Hispánicas

Gabriel Miró

# El humo dormido

Edición
de
Vicente Ramos

EDICIONES CÁTEDRA, S. A. Madrid

Cubierta: Mauro Cáceres

©Herederos de Gabriel Miró
Ediciones Cátedra, S. A., 1978
D. Ramón de la Cruz, 67. Madrid-1
Depósito Legal: M. 7.383-1978
ISBN: 84-376-0131-2

*Printed in Spain*

Impreso en AGRESA
Polígono Las Fronteras - C/. Torrejón, nave 8
Torrejón de Ardoz
Papel: Torras Hostench, S. A.

# Índice

*Introducción*

# Vida y obra de Gabriel Miró

## Hombre y artista

Muy pocos casos semejantes al de Gabriel Miró. Su vida y obra tan unidas, tan conjugadas, tan hechas una en el dual aspecto entitativo de hombre y de artista. Miró fue el artista que jamás renunció al cultivo de las humanas generosidades. Los ideales de belleza y de bondad signaron su vida. Y sus sentidos, palabra e inteligencia, delicados instrumentos de observación, comprensión y amor, forjaron la perdurable obra literaria, tan rica como inmarcesible. Muy certeramente dijo Miguel de Unamuno que «su inteligencia era la forma suprema de su bondad», definición que guarda indudable analogía con las de *Azorín* —«era el resumen de la bondad»—, *Gregorio Marañón* —«gran hombre de humanidad entrañable»—, *Augusto Pí Suñer* —«en lo más hondo de su alma de artista está su bondad, su nobleza, su espíritu, su humanidad»— y *Óscar Esplá* —«de su persona trascendía armoniosamente la noble exhalación, la confortante pureza de su arte».

Y pienso que en hombre de tan íntegros valores humanos y de tan acabada lucidez estética no es posible apreciar notorias diferencias o fronteras entre lo que significa idealmente el sueño artístico y lo que comporta existencialmente la vida. Porque nuestra existencia, haciéndose en el tiempo, no es sino el mismo horizonte de su inacabado proyecto. Y la vida de Miró fue un anhelo, un esforzado sufrir y gozar, realizándose en pos de una meta suprema de hermosura. Así pues, si hay una palabra que categorice plenamente al insigne alicantino, ese vocablo no es otro que el de permanencia o inalterada fidelidad.

Los años, lejos de oscurecer la obra de nuestro escritor, nos la muestran más brillante y acendrada, más atractiva, porque han ido sembrando en ella emoción y fragancia, y porque dicha obra nació a la luz de un cielo de clasicidades, y no se nutrió de vanos esteticismos de época, sino que, por el contrario, creció desde las más profundas raíces de la vida. De donde su doble y complementario carácter de permanencia y de actualidad. Obra de hoy y de siempre, y ello porque, como escribió *Azorín*, leyendo *Años y Leguas*, «por primera vez, oidlo bien, las cosas alcanzan en el arte su máxima vitalidad, su máxima plenitud». Así, tan sencilla como sustantivamente, el gran prosista de Monóvar descubrió las constantes tanto del estilo personalísimo como de la concepción estética de su amigo y coterráneo.

Lo dicho por *Azorín* pone de relieve la unidad conseguida por *Sigüenza* entre lo real espacio-temporal y lo axiológico, basada en el hecho de que «las cosas alcanzan en el arte su máxima vitalidad». La vida, por tanto, no discurre por cauces ajenos a los artísticos, sino que, inmanente y trascendentalmente, es potencia y acto de lo artístico. «La fantasía más inflamada —nos dijo Miró— se alimenta siempre de realidades», añadiendo en otro lugar que «la abundancia y flexibilidad idiomática, la agudeza y pulidez del sentimiento se logran con el seguido estudio y detenida visión de la vida, que va mondándonos y limpiándonos de nuestra natural rudeza».

Si la vida es el ser, el arte señala una de las más elevadas manifestaciones de lo absoluto. Y, en su virtud, los principios estéticos «no se sienten en abstracciones —enseña el autor de *El humo dormido*—, sino que han de referirse a una figura, han de humanarse para después abrirse más allá de nosotros».

Frente a cualquier tipo de racionalismo, el pensamiento mironiano aducirá que «no es sana ni consoladora, ni justa la doctrina fundida en frío en la turquesa del cerebro, y que no chupe la dulce y fuerte savia que sube de la hondura del corazón».

Humanismo y vitalismo informan la obra de Miró. Lo artístico, emanado de la corriente vital, instaura en el ser la verdad y la belleza. Lo artístico brota de la temporalidad y se goza en lo permanente, por lo que el arte, si, contemplado desde la dimensión objetiva, consiste «en apoderarse de una parcela del espacio, de una hora ya permanente por la gracia de una fórmula de belleza», visto desde lo subjetivo se nos presenta como «un estado de felicidad que se crea en nosotros sin motivos concretos de nuestra vida (...), es no perdernos del todo para nosotros». Lo artístico acrisola la identidad humana.

El arte, pues, somete al espacio y al tiempo «por la gracia de una fórmula de belleza», y, si nos apoyamos en esta concepción, bien se puede afirmar que toda obra artística es unidad compensadora y superadora de realidades, en cuyo seno lo transitorio se atemporaliza, al infundir en las cosas las máximas y más legítimas credenciales de vida y perfección.

Tal es la esencia del arte, que no conoce otro compromiso que el de impedir que nos perdamos a nosotros mismos. El ente artístico es alfa y omega de sí. «Se es artista porque se es. Un padre carmelita leyó un libro mío, y me dijo: *¿Qué se ha propuesto usted demostrar al escribirlo?* Yo no me había propuesto nada. *Piense en la responsabilidad que usted tiene.* Lo pensé, y no sentí ninguna, ni siquiera la de ser mejor o peor. El que no escribe o no pinta o no esculpe mejor es porque no puede.»

La estética mironiana, si de hontanar modernista, discurrió y se fortaleció en el sigüencismo, que, al superar al modernismo, logra la plena identificación de las categorías espirituales y vitales. El sigüencismo participa en gran medida del hilozoísmo helénico, y radica en un «asimiento con lo creado»; mejor, en «un íntimo y claro coloquio» de nuestra palabra con la Naturaleza. Hombre y tierra, en cuasi místicas nupcias, como término y exaltación de una lucha de amor, empeño y triunfo que hizo de Miró «el mejor poeta de la Naturaleza que ha vivido en nuestro siglo»[1].

Amor y vida son los constitutivos esenciales de la Naturaleza: única realidad. La realidad. Desde su absoluto, el hombre adquiere sus perfecciones y las aumenta a medida que crece la conciencia de su identidad con la Naturaleza, es decir, consigo mismo. Escribe Guillén: «Miró o el Hombre Concreto. De aquel ejemplar —hermoso— de animal humano emanaba el espíritu como una irradiación luminosa de la materia. Y la materia-espíritu estaba prodigiosamente organizada para registrar, padecer, sentir el mundo (...). Ante nosotros se alza un bárbaro que viene con nuevos materiales. Todo lo contrario de un intelectual (...). A este hombre —bárbaro singular: de gran sabiduría— todo se le vuelve paisaje: la tierra y sus pobladores, el espacio y el tiempo, porque Miró ve el paisaje con los ojos y con la memoria»[2].

Arte, psicología y metafísica son formalidades de un mismo sujeto y, a la par, objeto: la Naturaleza. De su entraña nos llegan los pensamientos, vestidos «de luz de la palabra», así como la misma y prodigiosa palabra: «idea viva, transparentándose, gozosa, porque ha sido poseída».

Forjada en la encarnación de verbo y concepto nació la prosa de Miró, «la más bella y original con que cuenta el idioma desde sus comienzos hasta nuestros días», asegura Ricardo Baeza, quien añade que «la prosa

---

[1] Salinas, P., *Literatura española del siglo XX*, 2.ª ed., México, Robredo, 1949, pág. 42.

[2] Guillén, J., *Lenguaje y poesía*, Madrid, Alianza, 1969, pág. 178.

castellana no tiene hoy artista mayor, y rara vez se ha elevado a tan perfecta hermosura (...). No sé de escritor con semejante intensidad visual, de ojos tan privilegiados. Pero no nos da sólo la forma y el color de las cosas, sino también su emoción interna. Parece como si las desnudase hasta dejarlas en puras carnes» [3].

## De su vida

Gabriel Francisco Víctor Miró Ferrer nació en la ciudad de Alicante, calle Castaños, número 20, a las seis de la tarde del día 28 de julio de 1879. Su padre, Juan Miró Moltó, ingeniero de caminos, era natural de Alcoy, donde nació el 28 de abril de 1838; su madre, Encarnación Ferrer Ons, nació en Orihuela el 2 de mayo de 1851. Gabriel fue el segundo hijo de este matrimonio. Su hermano Juan nació también en Alicante el 20 de junio de 1877.

De la escuela de primeras letras, que, en la citada calle de Castaños, regentaba don Francisco Alemañ, Gabriel pasó, en 1886, al Colegio de Santo Domingo, a cargo de la Compañía de Jesús, en Orihuela, donde permanece hasta 1891, años que, si sembraron en su alma una tristeza «seca y helada, sin ese perfume de la lejanía» (*O. C.*, 572)[4], le proporcionaron sus más primitivas sensaciones de naturaleza estética: «No olvido nunca mis largas temporadas pasadas en la enfermería de un colegio de Jesuitas, desde cuyas ventanas he sentido las primeras tristezas estéticas, viendo en los crepúsculos los valles apagados y las cumbres de las sierras aún encendidas de sol»[5].

---

[3] Baeza, R., *Comprensión de Dostoiewsky y otros ensayos,* Barcelona, Juventud, pág. 148.

[4] Citamos por *Obras Completas,* de Gabriel Miró, 4.ª edición, Madrid. Biblioteca Nueva, 1961.

[5] González Blanco, A., *Los Contemporáneos,* primera serie, París, Garnier. s. a.

El 11 de junio de 1889 aprueba el examen de ingreso en el Instituto Nacional de Segunda Enseñanza de Alicante; pero, en 1893, trasladado su padre a la Jefatura de Obras Públicas de Ciudad Real, lo encontramos de alumno de su Instituto durante el curso 1893-94, regresando luego a la ciudad nativa, donde finalizó el bachillerato el 30 de septiembre de 1895.

Si breve, la estancia en la capital manchega impresionó hondamente la sensibilidad del joven alicantino, sensibilidad herida por la idea de la muerte y por la desazón del tiempo fugitivo: «Sobrecogióme −dice− el silencio y la tristeza del lugar. En el espacio negreaba la fantasma de la torre con su fanal en la altura, guía de andariegos, de ganados y yuntas; su luz melancólica parecía una lágrima desprendida de la gloria (...). A espaldas del templo vivíamos nosotros. Las sombras de sus muros apagaban nuestra casa; sólo por la mañana penetraba la alegría del sol. Desde la reja de mi cuarto oía yo las voces de los chicos misarios y campaneros, el órgano, el canto llano del coro. Los entierros pasaban todos delante de nuestro portal, y como las campanas doblaban por ricos y menesterosos, creíamos vivir en un eterno día de las Animas. Mi madre estaba siempre rezando padrenuestros por difuntos (...) Acometióme un invencible prurito de ver muertos» (*O. C.*, 448).

Al tiempo que su carne comienza a ser presa del erotismo, su espíritu se estremece en un doble amanecer estético y sociológico, patente sobre todo en sus primeros escritos, que, bajo el título *Paisajes tristes,* publicó en los números 80, 84 y 94 de la revista alicantina *El Ibero* (16 de septiembre de 1901 al 16 de febrero de 1902):

> Nada tan angustiosamente monótono como esas peladas y rojas llanuras manchegas. En verano, un furioso sol las envuelve despiadadamente. Los bermejos terrones de la ardorosa tierra, medio abiertos como granadas, despiden un hálito de fuego enervante y agostador (...) Yo he contemplado las amarguras de esos esclavos modernos; he leído en sus humildes miradas una infinita

tristeza; he visto sus muecas de desesperante dolor, y he sentido un amor inmenso por esos pobres seres ante su ignorada o despreciada desgracia...

Ciudad Real inspira algunos importantes capítulos de *El humo dormido*[6].

Bachiller, Miró presentaba esta imagen:

> Era un guapo chico. Silueta gallarda, buen color de cara y ojos claros, llenos de expresión. Vestía con elegancia, no en pugna con la sencillez. Llevaba un traje azul, y sus zapatos estaban siempre lustrosos. Persona e indumentaria coincidían en pulcritud. Sus ademanes todos revelaban distinción, sin asomo de afectación o artificio. Saltaba a la vista que era de buena casa (...) A pesar de prendas tan atractivas y estimables como las dichas, no todo parecía oro de ley en aquel muchacho. En su gesto, en su actitud, en su conducta, había algo de misterioso. Una neblina que empañaba la diafanidad del conjunto. Sus ojos rehuían encontrarse con los de sus compañeros. Sonreía contadas veces. No reía nunca. Hablaba poco. Iba casi siempre solo. Tenía escasos amigos...[7].

El curso 1896-97 es su primero como estudiante de Derecho. Excepto éste, que lo aprobó en la Facultad de Valencia, los restantes los hizo en la de Granada, y todos, por enseñanza libre.

En 1900 obtiene el título de Licenciado, y muy pronto supo «que no servía para eso ni era mi vocación. Fui reconcentrándome en mí mismo, y comencé a saber que sentía lo que antes sentía sin saberlo»[8].

El 16 de noviembre de 1901 −año de la edición de *La mujer de Ojeda*, novela repudiada, al igual que *Hilván de escenas*, 1903− contrajo matrimonio en la iglesia de San

---

[6] Algunos de estos temas los ha tratado Carlos López Bustos en el diario *Lanza*, Ciudad Real, 15, XII, 1966; 14, VIII (1969); 24, VI (1971) y 31, VIII (1971).

[7] Figueras Pacheco, F., en *Sigüenza*, 2.ª época, núm. 1, Alicante, noviembre 1952.

[8] González Blanco, A., *op. cit.*

Juan Bautista, de Alicante, con Clemencia Maignón Maluenda, hija del cónsul de Francia en la capital alicantina, donde nació el 21 de septiembre de 1879.

Tras la aparición de *Del vivir* (1904), y ya padre de dos hijas —Olympia y Clemencia—, Miró oposita sin éxito a la Judicatura:

> En la primera mocedad de Sigüenza algunos amigos familiares le dijeron:
> —¿Es que no piensas en el día de mañana?
> Y Sigüenza les repuso con sencillez que no, que no pensaba en ese día inquietador, y citó las Sagradas Escrituras, donde se lee: *No os acongojéis diciendo: ¿Qué comeremos, o qué beberemos, o con qué nos cubriremos?* y todo aquello de que *los lirios del campo no hilan ni trabajan, y que las pajaricas del cielo no siembran, ni siegan, ni allegan en trojes....*
> Y como aquellos varones rectos de corazón todavía insistiesen en sus prudentes avisos y comunicasen sus pensamientos a los padres, ya que el hijo no fuese ni lirio ni avecita, Sigüenza les preguntó que de qué manera había de pensar en el día de mañana.
> Entonces ellos le respondieron:
> —Estudios tuviste y ya eres licenciado.
> ¡Señor, él que ya no recordaba su título y suficiencia! Para estrados no aprovechaba por la pereza de su palabra; tampoco para Registros ni Notarías, por su falta de memoria y voluntad.
> En aquella época, un ministro de Gracia y Justicia, de cuyo nombre no puedo ni quiero acordarme, hizo una convocatoria para la Judicatura.
> Y todos dijeron:
> —Anda, ¿por qué no te haces juez? Un juez es dueño del lugar; parece sagrado. Todos le acatan, y, además, comienza por dieciséis mil reales lo menos.
> Y Sigüenza alzó los hombros y murmuró:
> —Bueno, ¡pues seré juez! (*O. C.*, 567-568).

Y no lo fue. Nuestro escritor fracasó en las oposiciones de 1905 y 1907. Mas, entre una y otra —el 7 de marzo de 1906—, acepta el cargo de oficial interino en la dirección del Hospital Provincial «San Juan de Dios», de Alicante, dependiente de la Diputación, con el sueldo anual de mil ochocientas pesetas.

Escribe y publica artículos y cuentos en periódicos de Alicante y Madrid, y, en enero de 1908, un jurado compuesto por Ramón María del Valle-Inclán, Pío Baroja y Felipe Trigo, concede a su novela *Nómada* el premio que había convocado *El Cuento Semanal.* Y el 6 de marzo Miró, junto al cuerpo sin vida de su padre, recibe los primeros ejemplares de la novela galardonada: «Su mano —confiesa— se fue enfriando sobre mi frente. Mi hermano y mi madre le pusieron en el costado del corazón el primer ejemplar que tuvimos de *Nómada.* Así quedó hecha desde entonces la pobre ofrenda, ungida de dolor de orfandad»[9].

El éxito acrecentó la serie de sus publicaciones, y, naturalmente, su fama. Aquel mismo año de 1908 entabla cordialísima amistad con Salvador Rueda, que, invitado, pasa una temporada en la isla de Tabarca[10].

El 20 de agosto de 1909 la Diputación acordó que el novelista pasara a prestar sus servicios en la Secretaría de la Corporación, y se recomienda que «asista diariamente a las horas de oficina».

Cesante como funcionario de la Diputación en marzo de 1910, el escritor es nombrado inmediatamente auxiliar del delegado del Gobierno en la Junta de Obras del Puerto de Alicante, con el sueldo anual de 1.500 pesetas.

Su vida se desarrolla principalmente en la amorosa intimidad de su hogar: «no frecuentaba el Casino ni el Club de Regatas, ni asistía a espectáculos, y tampoco se le veía en los paseos (...), fuera de un contado número de

---

[9] Miró, G., *Obras Completas,* Edición Conmemorativa, vol. IV, Madrid, 1933; pág. 261.

[10] Ramos, V., *Salvador Rueda y Alicante.* En el vol. *Estudios mediterráneos. Rubén Darío y Salvador Rueda,* de F. Sánchez Castañer y V. Ramos, Valencia, Cátedra Mediterráneo, 1969.

amigos, que éramos también sus admiradores, apenas si se le conocía»[11].

En 1910, año de la publicación de *Las cerezas del cementerio*, Gabriel Miró desempeñó la secretaría particular del alcalde de Alicante, don Federico Soto Mollá. Y Salvador Rueda dice:

> Llamo gracia a este rasgo, porque, siendo quien es el espléndido alcalde alicantino, sabe muy bien por su cultura y por su alto rango espiritual que Gabriel Miró, símbolo y voz literaria de Alicante, no sólo en España, sino en el mundo, sólo gracias merece por el altísimo honor que su pluma hace a esa tierra de hidalguía y de bellezas[12].

El poeta malagueño veía como sigue al egregio alicantino:

> Rey maravilloso de pluma suave,
> hombre-arcángel, hecho de luz y armonía:
> cantas la belleza lo mismo que un ave
> que en la rama verde da su melodía[13].

En sesión de 3 de octubre de 1911 la Diputación acordó extender a favor de Miró el nombramiento de cronista provincial con sueldo de 2.000 pesetas anuales y la obligación de presentar crónica al término de cada año. Tomó posesión el 1 de enero de 1912.

Apeteciendo nuevos y más anchos horizontes para su vida familiar y literaria, Gabriel Miró orienta su rumbo hacia Barcelona, donde contaba con buenos amigos, entre ellos Juan Maragall.

Con tal fin, el alicantino visita la capital catalana a mediados de marzo de 1911, de la que regresó «precipitadamente enfermo de un recio mal de quijada, que

---

[11] Guardiola Ortiz, J., *Biografía íntima de Gabriel Miró*, Alicante, 1935, pág. 124.
[12] *Diario de Alicante*. Alicante, 3 enero 1910.
[13] Ramos, V., *Salvador Rueda y Alicante*, pág. 193.

todavía padezco», le dice a Maragall en carta del 17 de aquel mes. En otra del 11 de septiembre del mismo año comunica que había sido solicitada su colaboración por el director del *Diario de Barcelona*:

> Mucho la necesitaba — dice —, pero sentía indecisión; temía que mis impresiones no fuesen del agrado de los lectores de ese periódico. Y cuando supe la presencia de V. en las mismas páginas, me noté acompañado y protegido.

En efecto; el primer artículo de Miró en *Diario de Barcelona* data del 8 de septiembre. Más tarde, su firma apareció frecuentemente también en los diarios *La Vanguardia* y *La Publicidad*.

El autor de *Nómada* trasladó su hogar a Barcelona a fines de enero de 1914, instalándose, primero, en la calle Diputación, número 339, 3.º, 2.ª puerta, y luego (1915) en el paseo de la Bonanova (San Gervasio), número 7, 2.º

Elocuente testimonio de su real situación espiritual y económica es la carta del 5 de febrero, dirigida a su íntimo Figueras Pachecho:

> ...Ando, vivo y me agito como cualquier comisionista de tejidos catalán, y en mi alma hay un remanso del tiempo donde se espeja limpiamente el azul de Alicante y todas las dulces memorias de nuestra primera mocedad.
>
> Es preciso modificarme, retrocederme; si no lo hago, sacrifico a los míos. ¡Y quiera Dios que, si logro de mí esta transfiguración, no me sacrifique a mí mismo!
>
> Ya tengo un destino por las mañanas. Me lo ha dado Prat de la Riba. Es inamovible; pero es... de contabilidad. He de estudiar las cuatro reglas y la de tres. Yo creía que la regla de tres era sólo una frase vulgarizada, y resulta no sé qué cálculos que necesito saber para entenderme honestamente con las esposas del Señor, pues mi cargo he de ejercerlo en la Casa de Caridad.
>
> Para las tardes me han ofrecido buscarme otro medio de ingresos. Probablemente será en una casa editora (...) Por las noches me entrego a mis libros; y, en mis

descansos, me envolverán los gratos recuerdos de nuestras lecturas y de nuestras pláticas y quimeras, pasadas al amor del cielo alicantino, y bajo la maternal custodia de Martínez el vigilante...

Al llegar julio abandona la Casa de Caridad y los artículos periodísticos para dedicar todo su tiempo a la *Enciclopedia Sagrada Católica*, sufragada por los señores Vecchi y Ramos, empresa que, aniquilada a comienzos de 1915, agobió su vida y la llenó de preocupaciones sociales, económicas y de todo tipo. La amargura de Miró se refleja en todas sus cartas:

> Abandonada ruinmente la Enciclopedia —le dice a Figueras Pacheco—, sufría yo grandísimos daños, porque todo lo dejé para esa empresa. Me he quejado; he reclamado, y nada. Si a mí, que tantas promesas de abundancia, que tan acendrada amistad recibía del señor Ramos, se me niega una reparación económica, temo que a ti se te nieguen los honorarios de tu estudio diocesano. Asusta el desconocimiento de los deberes que descubro en esta gente. A ti se te perjudica en 400 ó 500 pesetas. A mí, de súbito, se me deja sin nada, sin tiempo para apercibirme; y sé que todavía se muestran quejosos de mi reclamación baldía. Cometí la torpeza de no exigir documento alguno; y ahora sufro los males de mi simplicidad[14].

Dolorido, Miró resuelve —marzo de 1915— proseguir sus colaboraciones en *La Vanguardia*, capítulos, ahora, de *Figuras de la Pasión del Señor*, parte de una serie de estampas bíblicas y de santos «que afirman mi vida interior y quitan de mis ojos muchos engaños artísticos», según le dice a su amigo Eduardo Irles, en Alicante, el 14 de enero de 1917. Al mismo tiempo dio a la imprenta la novela *El abuelo del Rey*, inspirada en la ciudad nativa de su padre.

---

[14] Vid. Ramos, V., *Vida y obra de Gabriel Miró*, Madrid, El Grifón de Plata, 1955, y *Francisco Figueras Pacheco*, Alicante, Ayuntamiento, 1970.

Publicado en 1916 el primer tomo de las *Figuras,* su autor aspiró con él — 1917— al premio Fastenrath, de la Real Academia Española, galardón que recayó en la novela *El verdadero hogar,* de Mauricio López-Roberts. Y el alicantino no sólo vio desestimada su maravillosa obra, sino, lo más incomprensible, atacada hasta el punto de asistir, estupefacto, al hecho insólito de saber encarcelado al director del diario *El Noroeste,* de Gijón, señor Valdés Prida, por el terrible delito de haber reproducido un fragmento del capítulo «Mujeres de Jerusalén».

Su desiquilibrio económico, tras el desastre de la *Enciclopedia,* tendió a desaparecer al quedar incluido en la nómina de funcionarios del Ayuntamiento de Barcelona, adscrito al Archivo Municipal desde 1917 a 1919, en cuyo mes de septiembre —sesión del 23— se le encargó la redacción de una crónica de la Barcelona decimonónica, trabajo que, como el similar de Alicante, no llevó a cabo ni siquiera empezó.

Cuando, en 1919, la editorial Atenea, de Madrid, publicó *El humo dormido,* nuestro escritor llevaba muy adelantadas las gestiones para trasladarse con su familia a dicha ciudad, bien apoyado por José Francos Rodríguez, Antonio Maura y otros buenos amigos y admiradores.

Por fin, el cambio de hogar se efectuó en julio de 1920, habitando un piso de la casa número 46 de la calle Rodríguez de San Pedro, vivienda que abandonó más tarde por la casa número 20 del paseo del Prado, su última residencia.

En un principio, Miró ejerció un cargo en la Secretaría General y Técnica del Ministerio de Trabajo, hasta que, en 1922, fue destinado al de Instrucción Pública como «auxiliar competente artístico y literario para la organización de concursos nacionales de protección a las Bellas Artes».

Al igual que Barcelona, tampoco Madrid le ofreció desahogo material y justicia literaria. Preocupaciones de familia complicaron más la situación, y, sin embargo, trabajó con el mayor ahínco, evidente en sus nuevos libros: *El ángel, el molino, el caracol del faro, Nuestro Padre San Daniel, Niño y Grande, El obispo leproso* y *Años y leguas.*

En 1922 se queda de nuevo sin el Fastenrath, empero haber optado con *Nuestro Padre San Daniel.* La victoria, en esta ocasión, fue para la novela *El centro de las almas,* de Antonio Porras. Y testimonia Gómez Baquero que

> se hizo una rencorosa y sañuda campaña para cerrar el paso al premio Fastenrath al novelista, sin privarse de perfiles como el de enviar bajo sobre a las personas que habían de entender en el concurso, los periódicos en que se atacaba al autor de *Figuras de la Pasión,* por el fácil procedimiento de entresacar y descoyuntar oraciones, con el cual se puede poner en solfa al propio Cervantes[15].

A partir de 1921, y durante los estíos, Miró tomaba contacto con sus entrañables tierras alicantinas —primero, en Benimantell; luego, en Polop—, donde recuperaba plenamente su identidad personal. Y fue precisamente una estampa escrita en Polop con el título *Huerto de Cruces,* y publicada en *ABC,* de Madrid, el 25 de marzo de 1925, la que le proporcionó el premio Mariano de Cavia, dotado con cinco mil pesetas. Y, al ser felicitado por el alcalde de Alicante, Miró respondió con las siguientes y nobilísimas palabras:

> Toda mi labor literaria se mantiene de la emoción de mi comarca. Si yo, alguna vez, logro recogerla, esencialmente lo debo a mi tierra, a ser de mi tierra y poseído de mi tierra.

En 1926 se imprime *El obispo leproso,* y poco después —exactamente el 24 de febrero de 1927—, Armando Palacio Valdés, Ricardo León y José Martínez Ruiz,

---

[15] Gómez de Baquero, E., «Las obras de Miró», *El Sol,* Madrid, 17 junio 1927.

*Azorín*, proponen a la Real Academia Española el ingreso de Gabriel Miró como numerario para ocupar la plaza vacante por fallecimiento de Daniel Cortázar:

> Los méritos del ilustre escritor son manifiestos. Novelista, Gabriel Miró ha reflejado en sus libros no una realidad abstracta, desabrida, sino la sobrehaz auténtica de la tierra española. Con cuidado, con minuciosidad, con fervor, va Miró escogiendo, ahechando, sopesando los vocablos de un idioma que él ama con pasión...

Pero, desgraciadamente, la hora de su glorificación no era llegada. Renacieron las campañas contra su obra, y la Real Academia rechazó la propuesta. *Azorín* explicó años después la causa de tal desatino: «razones de circunstancia que nada tienen que ver con la obra de Miró»[16].

Más explícito fue el escritor injustamente repudiado:

> Nada pedí; nada busqué, y todo lo he perdido. A un escritor como yo no es fácil que se le reitere un momento tan propicio para la afirmación económica como se me presentaba. Se me han embestido y enroscado todos los sacres de San Ignacio y todos los galloferos de la pluma. La Censura del Gobierno ha consentido que me volcasen el estiércol de la Compañía y Cía. Pero ha tachado los artículos más valientes que me defendían[17].

Un segundo intento, en 1929, acabó con el mismo resultado negativo.

Y, desde entonces, la vida del escritor se proyecta más y más hacia su interioridad, distanciándose en la misma medida de los otros, del mundo.

Anhelos de su tierra, de respirar el aire de sus campos.

---

[16] Vid. González Olmedilla, J., «Tierra de mayo. Responso primaveral de Azorín a su coterráneo Gabriel Miró», *Crónica*, Madrid, 1 junio 1930.

[17] Carta de Gabriel Miró a Enrique Puigcerver, Madrid, 26 abril 1927.

Alturas y huertas de Polop, jardines y silencio de *Beni-saudet* —en los aledaños de Alicante—, le reclamaban para sus regazos de hermosura. «¡Cómo deseo y necesito la rinconada de mi provincia!», confiesa a Juan Guerrero Ruiz.

Intensa, entrañable vida familiar con su esposa, con sus hijos, con sus nietos. «Vivo muy retraídamente, sin acudir a tertulias literarias ni redacciones de periódicos. Socialmente no ejerzo de escritor, por desgana y por escasez de horas», dijo, en 1929, al oriolano José María Ballesteros. Y en carta a Francisco del Campo Aguilar, de Albacete, con fecha 30 de abril de 1929, vuelve a hacer hincapié en «mi apartamiento, que ya no tiene remedio».

Al cumplir cincuenta años de su vida escribe a su editor José Ruiz Castillo: «¡Cincuenta años, Castillo! He de principiar a ser viejo. Aunque me rebele, aunque me ausculte y me afirme motivos que rechacen esa cifra de medio siglo de duración en la tierra de los hombres, es mía, está en mi sangre; me ha postrado, me ha desgarrado, dejándome, desde que se me acercaba, en un silencio literario y humano, sin internarme en nada. Todo, en mí, yermo, desasimiento...»

Al objeto de celebrar el regreso a la patria de Miguel de Unamuno —«Seis años he estado fuera de España, pero dentro de España, porque yo la llevaba muy dentro»—, un grupo de escritores —Miró, entre ellos— le ofrece un homenaje en la noche del 3 de mayo de 1930. A su término —era ya casi medianoche— el gran alicantino regresa a su domicilio, aquejado de notoria indisposición. Guardó cama varios días, creyéndose estar bajo los efectos de una afección gripal. Pero ciertos e intensos dolores descubrieron el mal: apendicitis. Y el enfermo quedó bajo el atentísimo cuidado de los doctores Gutiérrez Arrises y Luengo, su hijo político. Decidida la intervención quirúrgica, ésta se llevó a efecto el 26 por los doctores Catalina y Pascual (Salvador), y, aunque se realizó satisfactoriamente, Miró intuyó el trágico final: «Me voy; quiero acabar. La muerte no tiene ninguna importancia. Es un tránsito... y yo estoy bien preparado.»

En la mañana del 27 le visitó —a requerimientos de la familia— un sacerdote capuchino. Y, rodeado de los suyos, surge por última vez la palabra de Gabriel Miró Ferrer: «¡Señor, llévame!», e irguiendo penosamente la cabeza depositó un beso en la mejilla de su esposa, mientras entregaba su alma a lo Eterno. Eran las nueve y media de la noche del martes 27 de mayo de 1930.

## Su obra

*Paisajes tristes*, El Ibero, núms. 80, 84 y 94, Alicante, 1901-1902.

*La mujer de Ojeda (Ensayo de novela)*, prefacio de L. Pérez Bueno, Alicante, Imp. J. J. Carratalá, 1901.

*Cartas Vulgares*, El Ibero, núm. 92, Alicante, 1902.

*Del Natural*, El Ibero, núms. 96-100, Alicante, 1902.

*Vulgaridades*, El Ibero, núms. 101-105, Alicante, 1902.

*Hilván de escenas (Novela)*, Alicante, Imp. L. Esplá, 1903.

*Del vivir (Apuntes de parajes leprosos)*, Alicante, Imp. L. Esplá, 1904.

*Nómada (De la falta de amor)*, El Cuento Semanal, número 62, Madrid, 1908.

*La novela de mi amigo*, Alicante, Imp. L. Esplá, 1908.

*La palma rota*, Los Contemporáneos, núm. 5, Madrid, 1909.

*El hijo santo*, Los Contemporáneos, núm. 24, Madrid, 1909.

*Amores de Antón Hernando*, Los Contemporáneos, número 48, Madrid, 1909.

*Las cerezas del cementerio*, Barcelona, E. Doménech, 1910.

*La señora, los suyos y los otros*, Los Contemporáneos, número 192, Madrid, 1912. (En 1927 aparece con el título *Los pies y los zapatos de Enriqueta* en el volumen *Dentro del cercado y la palma rota*.)

*Del huerto provinciano. Nómada,* (Nota preliminar), Barcelona, E. Doménech, 1912.

*Los amigos, los amantes y la muerte,* Barcelona, Colección Diamante, núm. 120, s. a (1915).

*El abuelo del rey,* Barcelona, Ibérica, 1915.

*Dentro del cercado. La palma rota,* Barcelona, E. Doménech, Col. Nuevas Letras, s. a (1916).

*Figuras de la Pasión del Señor (Estampas Viejas),* t. 1.º, Barcelona, E. Doménech, 1916.

*Figuras de la Pasión del Señor (Estampas Viejas),* t. 2.º, Barcelona, E. Doménech, 1917.

*Libro de Sigüenza,* Barcelona, E. Doménech, s. a (1917).

*El humo dormido. Tablas del calendario,* Madrid, Atenea, 1919

*El ángel, el molino, el caracol del faro (Estampas rurales y de cuentos),* Madrid, Atenea, 1921.

*Nuestro Padre San Daniel (Novela de capellanes y devotos),* Madrid, Atenea, 1921.

*Niño y grande,* Madrid, Atenea, 1922.

*Señorita y Sor,* Madrid, *La Novela Semanal,* núm. 148, 1924.

*El Obispo leproso,* Madrid, Biblioteca Nueva, 1926.

*Dentro del cercado. La Palma rota. Los pies y los zapatos de Enriqueta,* Barcelona, Juventud, 1927.

*Años y leguas,* Madrid, Biblioteca Nueva, 1928.

*Semana Santa.* Ilustrada con grabados en madera de Daragnés. Nota preliminar de Gaziel, Barcelona, Ed. La Cometa, Gustavo Gili, 1930 (edición de lujo de 115 ejemplares, impresa en París en los talleres de Daragnés).

*Obras Completas,* edición conmemorativa, emprendida por los «Amigos de Gabriel Miró», Madrid, 1932-49, volúmenes I-XII.

*Obras completas,* Madrid, Biblioteca Nueva, 1943. Nota preliminar, datos biográficos y prefacio por Clemencia Miró.

*Obras escogidas* (Prel. de M. Alfaro), Madrid, Aguilar, 1950.

*Glosas de Sigüenza* (Introducción y selección de Clemencia Miró), Buenos Aires, Espasa Calpe, Colección Austral, 1952.

«Estudio histórico del templo de San Vicente, de Ávila», *Clavileño*, julio-agosto y septiembre-octubre, 1952.

«Estudio histórico de la iglesia y convento de Santo Tomás, de Avila», *Clavileño*, núm. 17, Madrid, 1952.

*Figuras de Bethlem. La conciencia mesiánica en Jesús*, Buenos Aires, Losada, Col. Contemporánea, 1961.

*Páginas inéditas, Clavileño*, núm. 26, Madrid, 1954.

*Lo viejo y lo santo en manos de ahora.* Texto completo en *Literatura Alicantina*, 1839-1939, de Vicente Ramos, Madrid-Barcelona, Alfaguara, 1966.

*Traducciones por Gabriel Miró:*

*El Señor de Halleborg,* de Alfred von Hedenstjerna, Barcelona, E. Doménech, 1910 (del francés).

*Su Majestad,* de Henry Lavedan, Barcelona, E. Doménech, 1911 (del francés).

*Filosofía Crítica,* de Ramón Turró, Madrid, Atenea, 1919 (del catalán, excepto la introducción y el segundo capítulo, escritos directamente en español por su autor).

# El humo dormido

*Génesis*

Bajo el título *El humo dormido* se integran catorce capítulos, que, sumados a los diez de *Tablas del calendario* —excepto el «Viernes Santo», inédito, según advierte la Edición Conmemorativa—, fueron apareciendo en el diario *La Publicidad*, de Barcelona, entre el 28 de febrero de 1918 y el 31 de enero de 1919.

Los acogidos al epígrafe *El humo dormido* pertenecen evidentemente a la «serie Sigüenza», que empieza en *Del Vivir*, discurre «por algunos senderos *Del huerto provinciano*», crece en el *Libro de Sigüenza* y culmina —«incendio y término»— en *Años y leguas*.

Los capítulos agrupados en *Tablas del calendario* —en el original, *Semana Santa*— son a modo de frutos del frondoso árbol de las *Figuras de la Pasión del Señor*, nuncios también de la monumental y truncada serie *Estampas Viejas*, que, «imaginada y casi deseada desde mi niñez», fue concebida —incluyendo *Figuras de Bethlehem* (1919), *Los tres caminantes* (1920) y *La conciencia mesiánica de Jesús* (1922)— en ocho tomos: I, «Patriarcas y Jueces»; II, «Reyes y Profetas»; III, «Bethlehem»; IV, «Pasión»; V, «Discípulos»; VI, VII, VIII, «Santos y fiestas. Calendario»[1].

*El humo dormido* fue publicado por la editorial Ate-

---

[1] Miró, G., *Autobiografía*, vol. I de la Edición Conmemorativa.

nea, de Madrid, dentro de su «Biblioteca de autores castellanos contemporáneos», en 1919.

Si, en rigor, toda la obra mironiana se alza como la gran empresa literaria de evocar «el tiempo ganado por el recuerdo precisamente, y no de recuperar el perdido tiempo, como Marcel Proust»[2], el libro que presentamos, inserto, como hemos dicho, en la «serie Sigüenza» ofrece muy concretas perspectivas autobiográficas, extraídas de «la ciudad más o menos poblada y ruda que todos llevamos sumergida dentro de nosotros mismos», además de otros indudables hallazgos estéticos.

En *Tablas del calendario* sentimos el paso acariciante de la dulce brisa de la Semana Santa de nuestra niñez, de la que se «desprende una emoción infantil y frágil», y, con ella, el pensamiento de un tiempo —el nuestro— que ha ido trocando lamentablemente el amor en idea, y la viva palabra en cartesianas «curvas oratorias». La razón corrompe el sentimiento, y la liturgia se sobrepone al sacrificio. Y si, ayer, el «amor al prójimo como a sí mismo era más que todos los holocaustos y ofrendas y el más grande mandamiento de la Ley», hoy, por contra, la suave onda de humana ternura ha sido derribada por vientos de indiferencia y hasta de odio.

Amarga e irónicamente, Miró contrapone la moral dinámica a la estática; la verdad creadora, al dogma aceptado. En definitiva, expónese la diferencia entre el sentimiento religioso y la idea religiosa. Mas, no obstante el afán crítico de los tiempos, «la estampa que sale de manos de la leyenda no puede enmendarse. Es el milagro de la fe y del humo dormido».

Como antecedentes mironianos de la obra que nos ocupa debemos señalar, además de *Figuras de la Pasión del Señor*, estos otros: *Amores de Antón Hernando* y «El Señor Cuenca y su sucesor», del *Libro de Sigüenza*, para el capítulo «Las gafas del padre», y *Paisajes tristes* y

---

[2] Entrambasaguas, J., *Gabriel Miró*. «Las mejores novelas contemporáneas», IV, Barcelona, Planeta, 1959, pág. 661.

*Amores de Antón Hernando* para «La sensación de la inocencia».

## La base sensorial

Cuando Benjamín Jarnés, aventurando una definición con pretensión sustantiva, dijo que *Sigüenza* es «una inteligencia puesta entre el mundo y el lector», le rectificó de inmediato el propio Miró: «No; una sensibilidad. Una inteligencia, frente al pozo de Siquem, no le ofrecería a usted una estampa. Le ofrecería una reproducción de diálogo dramático... con todo el repertorio de ideas de la época»[3].

La sensualidad es la gran potencia cognoscitiva y creadora, raíz del yo y vínculo con el todo. Nada se interpone entre ella y el mundo, porque la potencia se halla perfectamente adecuada para recibirlo, asimilarlo y, en el caso de Miró, convertirlo en obra artística. Por la sensibilidad somos, y, por ella, vivimos, física, psíquica y metafísicamente. Y no sólo supone principio, sino término del proceso estético.

Pero la sensación no puede ser concebida al modo escolástico. Decir sensación es apelar a una energía del espíritu, y, así contemplada, «no se confina entre sus límites y sobrepasa la materia», ya que «el artista afronta siempre un mundo humano con su materia y su espíritu indivisibles (...) Sensualidad es espíritu»[4].

Emociones, pensamientos, recuerdos, todo ese mundo espiritual necesita *sensacionarse* para el logro de una legitimidad estética y humana.

La teoría, de estricta naturaleza estética en el alicantino, ha encontrado una formulación racional en Merleau-Ponty, quien, en su *Fenomenología de la percepción*, define la actividad sensorial, acudiendo a lo que

---

[3] Jarnés, B., «De Sigüenza a Belén», *La Gaceta Literaria*, Madrid, 15 enero 1927.

[4] Guillén, J.,*Lenguaje y poesía*, cit.

tiene de singularísima «comunicación vital con el mundo, que nos lo presenta como lugar familiar de nuestra vida», por lo que la percepción «no se da, ante todo, como un acaecer en el mundo, al cual se pudiera aplicar, por ejemplo, la categoría de la causalidad, sino como una re-creación o una re-constitución del mundo en cada momento», y agrega que «la sensación es literalmente una comunión»[5].

El enlace gnoseológico del término «momento», en el filósofo francés, se revela con igual dimensión en el vocablo «instante», en boca del prosista español, palabra entrañada de especialísima emoción, sin posible equivalencia, ya que «la emoción es ella y no una equivalente de otra» (*O. C.*, 698).

Acorde con la tesis, Miró hace confesar a Urios, en *La novela de mi amigo:* «Mi temperamento es un caso prodigioso de fatalidad o absorción de todo. Por mí nada pasa y resbala; sensaciones, visiones, ideas, leyes hereditarias... son fuertes ácidos que muerden en lo más hondo de mí, dejándome su marca... Veo así cómo dicen que Dios contempla lo pasado, lo presente y lo futuro, en un presente continuado» (*O. C.*, 138).

Mucho antes que el autor francés, ya había afirmado el español que la conciencia de la identidad del yo, el no perdernos a nosotros mismos, sólo es posible instalándonos en ese «presente continuado», dicho asimismo comunión con lo real. Y lo ratifica en *Glosas de Sigüenza* (págs. 20-21): «¡Oh, y cuánto dependía él de todo! No era gran capacidad, sino planta, árbol, cuyas raíces se torcían por la tierra, en angosturas y cumbres, por el mar, por las gentes.»

Esta entrañable ansia de consustanciación — «voracidad por las cosas», al decir de Azorín — discurre por la vía de la sensibilidad, también, sensualidad: «Los cinco

---

[5] Merleau-Ponty, M., *Fenomenología de la percepción,* México, Fondo de Cultura Económica, 1957, págs. 56, 228 y 233.

sentidos aunados para gozar la vida fecunda, la vida que perdura en la tierra»[6].

Mas no caigamos en el equívoco de lo fácil. Casalduero invoca la perdurabilidad. No se trata de tesis hedonista, sino de la ambición metafísica y metalírica de hacernos uno, de confundirnos con el objeto del goce, porque, en verdad, la «sensualidad es espíritu», como escribió el autor de *Cántico,* y ello, así apostilla Casalduero, en virtud de una energía que «no obedece a un impulso moral, sino a la atracción del ser en su totalidad».

Desaparecida, pues, la dualidad materia-espíritu, la «realidad e imagen —con palabras de Óscar Esplá— se alean así en la más exacta verdad estética».

He aquí, por tanto, la raíz del *Sigüencismo:* materia y espíritu son dos aspectos de una sola realidad. Aquélla se espiritualiza, y éste se materializa en el marco de la sensación. Por eso *Sigüenza* es ante todo y sobre todo sensibilidad, punto de partida estético, religioso y humano de Gabriel Miró, quien, en *El humo dormido,* nos advierte: «Nadie burle de estas realidades de nuestras sensaciones, donde reside casi toda la verdad de nuestra vida.» Y si, en *Nuestro Padre San Daniel,* Paulina «estaba poseída de lo hondo y magnífico de la sensación de las cosas», abramos *Las cerezas del cementerio,* y veremos cómo esta comunión es vivida por Félix, cuerpo tan sutilizado «que perdía el sentirse a sí mismo, pareciéndole hecho de lo demás, de silencio, de claridad y grandeza de la mañana». Y es que ciertamente *Sigüenza* «sentíase atraído y embebido por todo, como si todo estuviese sediento y fuese él gota de lluvia».

Llegamos así, por el camino de la «sensualidad espiritualizada» o, si se quiere, del espíritu sensualizado, a la más honda raigambre del hombre, idéntica a la que sustenta todo lo creado. Asimismo o hilozoísmo, es decir *Sigüencismo:* el existente humano, ceñido por las cosas,

    6 Casalduero, J., *Estudios de literatura española,* Madrid, Gredos, 1962, pág. 266.

penetra en ellas, se interpenetran y se confunden en unidad superior.

Acerquémonos a la sensación, ciñéndonos más al texto de *El humo dormido*.

La sensualidad es inmensa, abierta a todo, acogedora de todo:

> y nuestras manos sienten la ternura olorosa de la primera palma, recta y fina, con su ramo de olivo; la que oímos crujir y desgarrarse contra los hierros de nuestro balcón una noche de lluvia, de vendaval y de miedo (*O. C.,* 712).

Sensualidad melódica y armónicamente acumulada y, a la vez, trascendida significativamente de lo que no es ella, pero que nace de ella y la dignifica estéticamente:

> No *eran* melocotones, ciruelas, peras, manzanas... clasificadamente, sino fruta por emoción de fruta, además de su evocación de deliciosos motivos barrocos; y *aquella* fruta, el tacto de su piel con sólo mirarla y su color aristocrático de esmalte, y flores que sí que habían de ser precisamente magnolias, gardenias y jazmines por su blancura y por su fragancia, fragancia de una felicidad recordada, inconcreta, de la que casi semeja que participe el oído, porque la emoción de alguna música expande como un perfume íntimo de magnolias, de gardenias, de jazmines que no tienen una exactitud de perfume como el clavel (*O. C.,* 685).

Todos los horizontes y caminos y cumbres de la estética sensual mironiana, aquí, en este texto, en el que confluyen todos los sentidos para evidenciar la trascendencia de la emoción, instauradora del ser y de lo evocado. Emoción, imagen y tiempo, humo dormido, ontológicamente: «presente continuado». Y de aquí surge y se multiplica en ecos hasta lo infinito la íntima exclamación, tan profundamente vital, del sacerdote olecense Don Magín: «¡Ay, sensualidad, y cómo nos traspasas de anhelos de infinito!» (*O. C.,* 1061).

Sentidos limpios y sensaciones en su pureza. Predominio de los azules y los verdes. Y la mirada: mirada sola, «sin vérsele los ojos»; mirada de «águila embalsamada»; de vidrio congelado o de vidrio «encendido de arrebatos y alucinaciones», como la del Enfermero; mirada de estatua: «Nos miró. Nada había en sus ojos, y estaba todo en ellos, como en las órbitas de las estatuas. No le socorrimos, y él nos miró más.» Mirada de pueblos: «Y los pueblos, pueblos morenos, trabajados, juveniles y nítidos, en tumulto de laderas o en quietud de llanuras, se quedaban mirándonos.»

En las acústicas, la gama discurre desde el grito de tortura al silencio:

«...la boca del alarido de todas las tardes, desgarrada, de una carne de muladar, mostrando las encías, los quijales, toda la lengua gorda, revuelta, colgándole y manándole bestialmente.»

«Resonó el gañir de la mujer. Empavorecía el oírlo de cerca, porque se sentía el estridor de todo su cuerpo; todo su cuerpo como una lengua hinchada, babeante y herida.»

«...se oía el silencio del recinto, apoderándose, sellándose del silencio de fuera.»

Sin duda, en «el paraíso de las sensaciones mironianas[7], la realeza corresponde al olor, pues Miró, como escribe Isabel de Ambía[8], aspiró más y mejor que nadie el aroma exacto de cada flor», y no sólo los de flor, sino todos, desde lo concreto a lo abstracto. Así, concretamente, «sentíase un olor de leña, de pan de labrador, de descanso agrícola»; y, de este modo, lo abstracto: «el comedor, que huele a frío y a soledad».

Sentidos en su individualidad, y nupcias de sensaciones. Sinestesias de color y tacto —«subía un ciprés rasgando el azul caliente»—; de sonido y tacto —«llegan gentes con un ruido fresco de ramas cortadas»—; de

[7] Domenchina, J. J., *El Sol*, Madrid, 5 marzo 1933.
[8] Ambía, I., *Cuadernos de Literatura Contemporánea*, núms. 5-6, C. S. I. C., Madrid, 1942.

sonido y sabor —«hubo un rumor agrio de ropas estrujadas»—; de olor y tacto: «un árbol del Paraíso que huele calientemente a tarde», etc.

Naturaleza y vida, tanto monta: «¡Mirad el aire —grita Urios en *La novela de mi amigo*—; sólo os pido que miréis!... ¿No veis, no descubrís nada dentro? ¡Pues todo hierve de gérmenes ansiosos de vida!» (*O. C.*, 131).

He aquí el universal animismo que caracteriza toda la producción mironiana. Así, en *El humo dormido*: «...vuelo de la brisa que estaba acostada sobre las anémonas húmedas y la grama rubia de la ladera, y se ha levantado de improviso...». El rebullir de las mañanas, la gracia niña de las palmas desnudas, que «tienden sus cuellos buscándose, y se conmueve su hoja como un plumón finísimo», y el júbilo del sol, «un sol rural gotea una lápida y sube por la percalina morada de los retablos ciegos», y esas torres de las iglesias de pueblo, que, al llegar el Jueves Santo, «semejan molinos con las velas hinchadas y joviales»; y las lumbres que se duermen, cansadas, y los pueblos que, excitados por la novedad, fisgan el paso de los transeúntes...

Pero, mágicamente, el dinamismo natural contrasta con la plasticación de escenas y personajes para mejor observarlos en el marco del «presente continuado». Se trata de una inmovilización metodológica: «Era un hombre alto, con ropas de luto; se paró cavilando, y semejaba parado encima de todo el domingo, como una figura de retrato antiguo de caballero desdichado. Muy pálido, de una palidez fría, macerada, interior, como si la guardase un vidrio, el vidrio de esta arcaica pintura.»

Técnica jamás suficientemente estudiada, aunque bien conocida. Y, en este aspecto, limitémonos —no es posible más en un prólogo— a poner de relieve algunos de los retratos que figuran en las páginas que glosamos. Así, el del hidalgo de Medina, «viejo y cenceño, de hombros cansados, de párpados encendidos, y sus manos, de una talla paciente y perfecta, ceñidas por las argollas de sus puños, de un lienzo áspero como el cáñamo».

Cincelado también el viejo marino, «hombre corpulento, de color roca viva, con barba de rebollar ardiente que le cegaba los labios; de la breña salía la gárgola de su pipa, y encima del ceño se le doblaba el cobertizo de la visera de su gorra. Nos hubiera parecido un pedazo vegetal sin el áncora que traía bordada en la gorra...» Y no olvidemos a don Marcelino, primer maestro de nuestro escritor, «menudo, de huesecitos tan frágiles y decrépitos que no semejaban originariamente suyos, sino usados ya por otro y aprovechados con prisa para su cuerpo; y cuando hablaba se oía su voz como un airecillo que atraviesa un cañaveral reciente. Yo siempre le miraba las manos, medroso de que su voz le quebrase un artejo».

## De la emoción a la palabra

Ya hemos dejado dicho que la particularísima actitud mironiana ante las cosas, ante la Naturaleza, ni es expectante ni contemplativa, sino de voluntario y amoroso abandono: «...habrá de sumergirse y de perderse en la visión, como en el sueño, que no nos gana, sino cuando perdemos la conciencia de nuestra vida y de nuestra postura» (*O. C.*, 1069). Mas el goce de tal intercomunicación no nos invade hasta que dejamos de mirar para ser mirados, prescindiendo de los conceptos para sumirnos en las intuiciones, y brota el placer, «y el paisaje y nuestras almas se poseían sagradamente» (*Los amantes...*, *op. cit.*)

La penetración del mundo en nuestra vida se manifiesta en fuentecillas de emociones que, si vertidas en cauces intuitivos, se concentran en imágenes y símbolos, que no lo son hasta tanto no vivan en el cáliz de su palabra justa.

El proceso es tan íntimo e indestructible que no hay emoción sin palabra; tampoco, estéticamente pensando, no hay palabra sin emoción previa. Aquí, la afiliación simbólica de Miró, compatible con sus inclinaciones realistas. Como escribe J. M. Aguirre, «el símbolo resulta ser una imagen o, mejor, un conjunto de imágenes, cuya tonalidad se corresponde con el estado de alma del poeta, sugiriéndolo». Y añade: «La imagen, de por sí, es incapaz de evocar la emoción; es ésta la que crea aquélla»[9].

Habida cuenta de lo dicho, Miró sitúa la emoción en el estrato último, en la raíz de todo conocimiento verdadero, y, de quebrarse aquélla, jamás se logrará éste. Tal le ocurrió a él mismo cuando esperaba ver y conocer a don Marcelino. Se preguntaba: «¿Cómo tocará la esquila cuando llame don Marcelino?» Desgraciadamente, el maestro entró, aprovechando la salida de un recadero, y «nos quedamos solos don Marcelino y yo, y quise comenzar a verle; pero, sin oír la esquila movida por su mano, se malograba la emoción del maestro; y estas emociones rotas en su principio ya no alcanzan su entereza».

Y la emoción no sólo pone al artista en el camino del conocimiento, sino en el de la estricta creación estética, siempre y cuando al principio afectivo corresponda su palabra y no otra:

> ...hay emociones que no lo son del todo hasta que no reciben la fuerza lírica de la palabra, su palabra plena y exacta. Una llanura, de la que sólo se levantaba un árbol, no la sentí mía hasta que no me dije: *Tierra caliente y árbol fresco.* Cantaba un pájaro en una siesta lisa, inmóvil, y el cántico la penetró, la poseyó toda, cuando alguien dijo: *Claridad.* Y fue como si el ave se transformase en un cristal luminoso que revibraba hasta en la lejanía.

Y de esta emoción genesiaca nacen todos los símbolos, iluminados por la palabra: *Tierra caliente* y *árbol fresco, claridad, novias con su rumor de abeja del panal de su cuerpo, circulación sensitiva de la soledad...*

Nacimiento del símbolo y del «instante» estético.

---

[9] Aguirre, J. M., *Antonio Machado, poeta simbolista,* Madrid, Taurus, 1973, pág. 66.

Si pudiéramos vivir siempre en este lugar!... Y como no podíamos, quisimos ya marcharnos, porque queremos *ese* instante, y ese instante necesita una seguida emoción para serlo y acendrarse evocadoramente.

Consecuentemente, de la emoción brota la imagen y su fuerza evocadora; afectividad y símbolo que no lo son completamente hasta que no *encarnan* en la palabra, que, si precisa, no lo debe decir todo, sino tan sólo sugerirlo: «...la palabra creada para cada hervor de conceptos y emociones, la palabra que no lo dice todo, sino que lo contiene todo».

La tesis mironiana respecto al proceso emoción-símbolo-palabra quedó así definida:

La palabra es la misma-idea hecha carne, es la idea viva transparentándose gozosa, palpitante, porque ha sido poseída. Quien la tuvo hallóse iniciado y purificado para merecerla, y padeció y fue dichoso. Pasa, después, al lector, tan casta y verdadera, que percibe como la emoción inicial, y si también tiene preparada su alma, se apodera de la idea desnuda y madre de todas las evocaciones, que, en su regazo, hierven como un dulce y sagrado abejeo... *(Glosas de Sigüenza*, 2.ª ed., páginas 117-118).

Aquí radica la magna labor del escritor-artista:

la adivinación de la palabra precisa, armónica, prócer o llana, que se hace carne con la idea y con ella se funde hasta quedar inseparables en fondo y expresión como en la música *(Glosas..., op. cit.,* 116).

Bien se entiende que, en el vocabulario mironiano, el término *idea* es sinónimo de imagen o símbolo. Es asimismo evidente el punto de partida emocional de la criatura literaria, que lo es en el descubrimiento de su expresión.

Conseguida «la más preciosa realidad humana» (*O. C.*, 949), que tal es la palabra, ésta muéstrase dotada de una doble dimensión: la psicológica, visible en un ya citado texto —«hay emociones que no lo son del todo hasta que no reciben la fuerza lírica de la palabra»—, y la ontológica:

> ...la palabra, esa palabra, como la música, resucita las realidades, las valora, exalta y acendra, subiendo a una pureza *precisamente inefable,* lo que, por no sentirse ni decirse en su matiz, en su exactitud, dormía dentro de las exactitudes polvorientas de las mismas miradas y concepto de todos.

Comentando texto tan básico dijimos en otro lugar: «a) que la palabra *resucita realidades;* b) que las *valora, exalta y acendra,* y c) que su pureza *dormía dentro de las exactitudes polvorientas y del mismo vocablo y concepto de todos.*

Por su primera virtud, la palabra, en Miró, como después en Heidegger, desvela esencias constreñidas por y bajo estratos fenoménicos *(exactitudes polvorientas).* El ser, pues, del ente, aparece fundado, nombrado, iluminado en y por la palabra poética.

Bajo la segunda contemplación, la palabra es el más bello y adecuado cauce para conseguir la cumplida y exacta valoración lírico-metafísica de lo real.

Por la tercera, pónese de relieve el aspecto mostrenco, coloquial, que nos oculta tanto la esencia de los entes como el alcance metafísico de la palabra»[10].

### Idea del hombre

Uno de los temas capitales de *El humo dormido* es el que concierne a la idea y realidad del ser humano. El hombre, «sujeto y el supremo objeto a la vez de toda filosofía», que dijo Unamuno, aparece tratado en la obra mironiana a la luz de aquel *sprit de finesse* de que

---

10 Ramos, V., *El mundo de Gabriel Miró,* 2.ª ed., Madrid, Gredos, 1970, pág. 59.

hablara Pascal, ya que, en efecto, la concepción de Gabriel Miró se halla tan lejos de la estricta metafísica como cerca de la moral social, nacida de la corriente clásico-cristiana.

A la pregunta ¿qué es el hombre?, Miró contestará de conformidad con «nuestra naturales aptitudes y peculiar visión de las cosas» *(Glosas, 56)*, pues escribe:

> Quiso el Señor que fuesen las criaturas a su imagen y semejanza, y no fueron. El Señor lo consintió, y las criaturas se revuelven porque el Señor no es su semejante, no imaginándolo siquiera con la humánica exaltación y belleza que imprimían los pueblos antiguos a sus divinidades. Se quiere al Señor semejante y a los hombres también; una semejanza sumisa, hospitalaria; una semejanza hembra para la ensambladura de nuestra voluntad.

El mal proviene, de una parte, de esa voluntad excitada por afán vesánico de poderío; de otra, de la sociedad que corrompe nuestra naturaleza. De ambas, la causa más importante es la segunda, ya que la sociedad supone una «vida menguada que el hombre ha construido dentro de la vida natural, amplia, grandiosa, libre, henchida de amor» *(Hilván de escenas, op. cit.,* págs. 202-203). La expresión máxima del cuerpo social o «vida de artificio» es la ciudad, «la obra de los hombres y lo menos humano».

Por ello, Miró reservó siempre para el niño el más amoroso de los sentimientos y las más tiernas palabras. Y, en otro lugar, exclama:«¡Dios mío, si fuésemos siempre niños!» *(O. C.,* 222).

Infancia equivale a virginidad de alma. Ser niños es vivir en brazos de amor y confianza: «¡Si vuelve la mirada melancólicamente a la niñez es porque tenía padres; ser completamente hijo...» *(O. C.,* 124).

Y en *El humo dormido*, evocando la llegada del padre al Colegio de Orihuela, leemos:

42

Era muy tasada la visita de esa noche; y es la que más limpiamente sube del humo dormido. Nos vemos muy hijos, tocando y aspirando las ropas que aún traen el ambiente de casa y la sensación de las manos de la madre entre los frescos olores del camino. Le buscábamos los guantes, el bastón, lo íntimo del sombrero, todo como un sándalo herido. Le contemplábamos en medio de un arco claustral, sobre un fondo de estrellas y de árboles inmóviles y de jardín cerrado.

Mas, fatalmente, la inocencia está destinada a alojarse en el pasado. Leemos en *El humo dormido* que, siendo niño, al ir a besarle una señora, preguntó ésta: «¿Dónde estará ya su inocencia?» Y comenta el escritor: «Fue la primera vez que me quedé pensando en mi inocencia como en algo que no se ve ni se siente hasta que constituye una realidad separada de nosotros.»

A partir de esta crisis de la personalidad humana, el primitivo estado de pureza pasa a enriquecer el «humo dormido». (Igual motivación y anécdota hallamos en *Niño y grande*, capítulo «El pecado. La ventana del muerto», y en *El obispo leproso*, capítulo «La salvación y la felicidad».)

Si ser niño es vivir en «sensación de inocencia», ser hombre será existir en «sensación de mujer». Pero, por añadidura y en otro sentido más radical, ser hombre consistirá en afirmar constantemente la personalidad, ya que, como asegura Miró, «el amor más grande del hombre, además del amor al hijo, es el de su personalidad, de su conciencia del sentimiento de sí mismo» (*O. C.*, 641), por lo que aconseja que nuestro máximo cuidado sea el de que «nuestra personalidad predomine» (*O. C.*, 657). Tal afincamiento en nosotros mismos es llevado hasta el más remoto límite de la humana existencia: «Señor, venga a nosotros la alegría, la largueza, la sencillez y el ímpetu infantil del samaritano; que nos sintamos, que nos encontremos a nosotros mismos hasta en la confusión del pecado», ya que, dicho de otro modo —tomado también de *El humo dormido*—, «nada mantiene tanto la quimera del libre camino como sentir la propia raigambre».

Fácil es observar en todos los aspectos antropológicos contenidos en la obra mironiana que, a medida que se profundiza en la problemática humana, el «espíritu de fineza» se agobia más y más bajo una carga de melancolía y pesimismo, constatando la dualidad de nuestra naturaleza —«sencillos como palomas y cautos como la serpiente...»—, que nos sitúa, al decir de Pascal, en la categoría de «ciudadanos de dos mundos», en cuya frontera metafísico-moral reside lo específico humano.

Del lado de la serpiente descubrimos lo negativo: «vanidad y odio: las dos maldades específicas», a más del egoísmo, manifiesto en quienes «cierran los ojos y con ellos cierran la puerta de sí mismos, dejándose fuera al mundo de los demás», y, sobre todo, de la pérdida del sentimiento de fraternidad.

Del lado de la paloma resalta el sentimiento de la amistad, forma de amor, por la que amigo sólo es quien «nos da compañía sin quitarnos la pureza de la soledad interior; el que nos mira como nuestros ojos de niño y descansa su frente en nuestros pensamientos».

Consecuentemente y fomentando las buenas tendencias, el hombre se realiza —enseña Miró— no en aislamiento, sino orientado hacia y para otros, en y para el mundo, pues su misión no es la «de destruir, sino de coexistir», al modo del viejo escriba, para quien «amar al prójimo como a sí mismo era más que todos los holocaustos y ofrendas, y el más grande mandamiento de la Ley».

Nuestra existencia, lejos de dársenos hecha, se constituye y estructura en orbe de relaciones. El hombre es ser en continua abertura, y, en ella, se hace y perfecciona, culminando a medida que se adentra y confunde más y más con la ancha, fecunda y eterna vida de la Naturaleza, por lo que *Sigüenza*, contemplando un amanecer desde los altos de la sierra Aitana, pudo decirse gozosamente que miraba «con una emoción de inocencia de primer hombre» (*O. C.*, 1183).

He aquí, con Miró, la definición moral, íntegra, del hombre:

> Lo que pido es el hombre sin Ángel de la Guarda a la derecha ni Demonio a la izquierda. El hombre cara a cara de sí mismo; que le duela el pecado por haberse ofendido a sí mismo; que le resuene toda la naturaleza en su intimidad; atónito y complejo; más hombre que persona. Ya sé que el Señor tendrá una pobre idea de nosotros; pero hubo un tiempo en que le dimos una impresión de tanta humanidad que se humanó para salvarnos.

Sin ambages, ésta es la idea mironiana del hombre, concepto de marcado talante existencialista: «el hombre cara a cara de sí mismo».

Esta concepción se pone igualmente de relieve en el cuento titulado *El ángel,* criatura tan humanizada que llegó a rechazar la vuelta a su eviterno estado, porque, aun siendo malos los hombres, a veces «son dichosos, y, viéndolos felices, yo pruebo un placer que únicamente se goza aquí en la tierra...»

En definitiva, aquí radica el profundo y grandioso optimismo de Gabriel Miró: la vida «conserva aún mucha pureza y hermosura».

*Tiempo y memoria*

Tema fundamental de *El humo dormido* y, en esencia, de toda la obra mironiana es el de la temporalidad, especialmente, en su dimensión psicológica o heterogénea.

Mucho se ha escrito acerca de las concepciones proustiana y mironiana referentes al tiempo subjetivo. De modo casi unánime, todos los comentaristas optan por la desemejanza, que podríamos reducirla como sigue:

mientras Proust se enfrenta y lucha contra la acción inexorable del tiempo en el vivir humano, Miró busca cordialmente su presencia, y, en él, vive y crea. Añadamos que el escritor español admite una objetividad de lo temporal, ignorada por el francés.

Lo común en ambos es la suprema consideración que otorgan a la «duración interior» y a la función de las sensaciones en orden a la actualización del pasado, que, si en Miró es tiempo ganado, en Proust es el perdido, como certeramente señaló Joaquín de Entrambasaguas[11].

Para ver con mayor lucidez el problema, si bien a través de una sintética exposición, el presente estudio abarcará tres puntos:

a) *Tiempo en sí*

La objetividad del tiempo aparece muy clara en la obra de Miró, y no sólo en su categoría física o climatológica, sino también en la ontológica, aunque dejara escrito *(Glosas,* 136) que «va perdiendo categoría metafísica».

Entre las propiedades del tiempo en sí destaca la de poder autoinmovilizarse, ya sea fugaz o definitivamente. El primer caso da origen al «humo dormido»; el segundo, a la «eternidad».

«Tiempo dormido» es el equivalente, en lo humano, al «humo azul» que «se para y se duerme» en el espacio. «Tiempo dormido» corresponde a los «años más», también al «tiempo de sobra» que se ha ido posando en nuestra vida, raíz y base de nuestra identidad personal.

El «humo azul» es el que se paraliza en las frentes tostadas de los pueblos, en los paisajes o en las cosas.

b) *Tiempo y cosas*

La temporalidad discurre y dura. Discurre sobre las cosas; dura en el hombre.

---

[11] Entrambasaguas, J., *op. cit.*, págs. 661 y 691.

Traigamos, de las páginas de *Nómada,* una reflexión de don Diego:

> ¡Señor, cuánto, cuánto, cuánto le había sucedido en sesenta años, y a este pobre peñascal tan sólo le había pasado y le pasaba el agua del mar, sin brotarle la alegría de una hierba! (*O. C.,* 172-173).

En *El abuelo del rey* se nos ofrecen los dos rostros —objetivo y subjetivo— del tiempo. Un amigo cifraba toda su dicha en adecuar cabalmente su vida a la exactitud de las horas. *Sigüenza* acarició también «el prurito de esa posesión»; mas, mas cuando la hubo conseguido, comenzó «a vivir en una pesadumbre, con un agobio del tiempo implacable. La hora exacta corre; yo la tengo, y desbordo de su órbita y me oprimo en su medida; me estaba ancha y corta; hasta que se paró mi reloj, y torné al cauce del tiempo que corría según mi sangre» (*O. C.,* 657).

c) *Tiempo en el hombre*

Dentro de la corriente estética del simbolismo, Miró, como Antonio Machado, participa de la doctrina de Bergson en cuanto a la *duración real,* definitoria del vivir humano, así como del uso metodológico de la intuición. Dice, a este respecto, Aguirre que «si Bergson fue el filósofo del simbolismo, no hay duda de que el simbolismo fue la poesía de Bergson, o, si se prefiere, la obra de los poetas y la del filósofo forman parte del espíritu de la época» [12].

La concepción de la temporalidad de talante bergsoniano se diferencia notoriamente de la sostenida por *Azorín,* de clara procedencia heraclíteo-nietzscheana.

Lejos, pues, de esta «tragedia del tiempo», Gabriel Miró se goza buceando en las galerías de su yo para que despierte y reviva «la ciudad más o menos poblada y

---

[12] Aguirre, J. M., *op. cit.,* pág. 112.

ruda que todos llevamos sumergida dentro de nosotros mismos», intuición y expresión mironianas que corresponden casi exactamente a esta frase machadiana: «El poeta explora la ciudad más o menos subterránea de sus sueños»[13].

En esta ciudad sumergida duerme nuestro tiempo, nuestro «pasado viviente», al decir de Unamuno, nuestro tiempo heterogéneo, opuesto al objetivo, «implacable» u homogéneo.

La luz de la intuición alumbra y despierta ese «humo dormido», que se vitaliza con el recuerdo sugeridor —recuerdo «que evoque sin desmenuzar las memorias»—, situando en el consciente *todavía* el ayer vinculante de nuestra personalidad. En virtud de tal operación se clarifican los tres éxtasis de la temporalidad heterogénea: «el tiempo inmóvil de atrás...; el tiempo del instante de ahora, estremecido como un pájaro invisible que toca nuestras sienes; y el tiempo que ha de venir por el horizonte como una brisa nueva» (*O. C.*, 742).

De estas tres fases, la primera —ya lo hemos dicho— es la que cimenta nuestra personalidad, ya que «no asistir, no pertenecer al propio pasado es una ausencia, un síncope del alma» (*O. C.*, 1143-1144). Es, como dice en *El humo dormido*, carecer «de raíces humanas propias».

Ese pasado vive y espera en la memoria, en donde nos reconocemos y de cuyo caudal nos servimos. «Todo en Miró son memorias, memorias de lo vivido y de lo soñado en el tiempo que pudo ser suyo, y que lo fue también en realidad de ironía»[14].

Mas la resurrección de nuestro ayer exige el principio emocional, hontanar del recuerdo. Marginada la emoción, la memoria se queda en puro esqueleto. En cambio, avivado por la emoción, el tiempo dormido se alza en acto pleno, pues ciertamente «hay episodios y zonas de

---

[13] Aguirre, J. M., *op. cit.*, pág. 117.
[14] Diego, G., prólogo al vol. XI de *O. C. de G. Miró*, Edición Conmemorativa.

nuestra vida que no se ven del todo hasta que las revivimos y contemplamos por el recuerdo; el recuerdo les aplica la plenitud de la conciencia».

Se trata —bien se ve— de un proceso análogo al que ya hemos visto entre la emoción, el símbolo y la palabra. Y, por ello, el recuerdo incorpora a su profunda entraña todo cuanto cae bajo nuestra observación o experiencia, objetos que hasta se les llega a rendir tributo de veneración, porque «nada nos cautiva tanto como un lugar que consagre una memoria».

Y cuanto mayor sea la capacidad de penetrar y laborar en nuestra personalísima duración, tanto más abundantes serán los horizontes creadores, pues, según escribe Jorge Guillén, «hay más mundo, porque hay más espíritu que actúa a fuerza de *sumergirse* en el recuerdo exacto de la sensación, de la propia sensación genuina»[15].

Insistamos en que lo evocado carecería de sustancia temporal de no ir acompañado del necesario tono emotivo. Y es cabalmente este sentimiento el que formaliza el tránsito del tiempo a la categoría de duración real o «humo dormido».

Memoria hecha sangre y vida, porque habita «dentro de toda mi carne»; recuerdo que ilumina el conocimiento del objeto, haciéndolo «más claro, más acendrado, como no lo veríamos teniéndolo cerca, que sólo sería repetir la mirada sin ahondarla, sin agrandarla, quedándose en la misma huella óptica que se va acortezando por el ocio».

De donde el «humo dormido» no resulta de una suma de evocaciones, sino que, por ser su origen, se mantiene en la más radical continuidad.

*Semana Santa*

Desde febrero de 1914 hasta julio de 1920, según dejamos constancia en su lugar, Gabriel Miró, con su mujer e hijas, reside en Barcelona. El escritor, que

---

[15] Guillén, J., *op. cit.,* págs. 206-207.

desempeña un cargo administrativo en la Casa de Caridad, no se halla muy a gusto: «Ha trocado Sigüenza su vida de ciudad soleada y pequeña, cerca del paisaje y del mar, por otro trabajado vivir en lugar nuevo, fuerte, ruidoso y cuajado de gentes que no conoce, un lugar que no da impresión de provincia, de intimidad.» El escritor, cuyo espíritu está siempre orientado hacia la luz de su tierra nativa, evoca el diáfano mundo alicantino en las páginas de «La Vanguardia» hasta que un hecho de gran importancia interrumpe su quehacer. Aludimos al aceptado encargo −julio de 1914− de dirigir la «Enciclopedia Sagrada Católica», que proyectaron los editores Vecchi y Ramos.

La nueva labor consumió su tiempo hasta los primeros meses de 1915, en que la empresa se derrumbó a causa de la guerra. Y Miró, cargado de inquietudes, reanudó su colaboración periodística, ahora, sobre el tema *Figuras de la Pasión del Señor,* iniciada anteriormente con «Pilato» (*Diario de Barcelona,* 19 marzo 1913).

El mantenido y acariciado propósito de reconstruir literariamente el mundo bíblico-cristiano renació, poderoso, en su alma al calor de las investigaciones de todo tipo realizadas para la «Enciclopedia», aunque el verdadero manantial de las *Figuras* radica en su propia e íntima existencia. La obra nació −dijo a su amigo Eduardo Irles− «no por afán de primitivismo, como procedimiento y fórmula de arte, no por intenciones exegéticas ni por fervores apologéticos y sectarios, sino por ingenuidad, por ansia ingenua, es decir, inculcada en mi sangre y en mis huesos desde la niñez, de mirar de cerca el horizonte cristiano, reconstruyendo lo que no nos decían los textos directos y sagrados»[16].

El término «ingenuidad» supone tanto la revelación de lo más raigal como semilla y estado de metafísica liberación. De esa pureza brotó la extraordinaria obra que Unamuno saludó como «un nuevo camino de la cultura

---

[16] Carta del 11 de abril de 1925.

española». Y no dijo de las letras, pues, en verdad, la concepción y el estilo de las *Figuras* señalan vigorosísima novedad respecto al tradicional espíritu religioso y artístico del español, innovación tan luminosa que cegó a una mayoría miope.

Por ser obra destilada de lo más hondo de su vida, Miró la dedicó a su madre, «que me ha contado muchas veces la Pasión del Señor».

Se trata, pues, de una reconstrucción estética desde lo más personal del escritor con afanes de perfeccionamiento. Y, así, dijo: «he emprendido una colección de libros que afirman mi vida interior y quitan de mis ojos muchos engaños artísticos». Se refiere a la proyectada serie *Estampas Viejas,* en la que, con *Figuras de la Pasión del Señor* (1916-17), se enlazarían *Figuras de Bethlem, Figuras de discípulos, Santos y fiestas, Patriarcas y Profetas* y *Monjes.*

Todo este pequeño universo literario, escrito sólo en parte, era posible gracias a la mágica conjunción en el espíritu del artista entre el sentimiento del paisaje nativo y las ideas estéticas que profesaba. En cuanto al primer elemento, bien afirmó Georges Pillement que la Judea de las *Figuras* es la misma tierra alicantina. Y lo mismo sostuvieron, entre otros, Valéry Larbaud y Jean Cassou. «Es verdad —confesó Miró—. Es posible que por ser yo tan sustantiva y complacidamente mediterráneo, por sentirme tan redundado y lleno de mi comarca, adivine, con recordar lo mío, la gracia de los oteros (...) y las figuras enjutas, con sus paños cincelados por el sol y la frente agobiada, esperándolo todo de Dios... Así, en la *tierra prometida,* y así, en mi tierra natal.» El resultado fue «la sola obra de genuino fervor evangélico —sentenció Ricardo Baeza—, nacida en nuestra literatura moderna»[17]. Pero en vez del merecido aplauso recibió la saña persecutoria.

---

[17] Baeza, R., *Comprensión de Dostoiewsky y otros ensayos,* Barcelona, Juventud, 1935, pág. 152.

Al amparo de las *Figuras* tomaron vida las estampas que integran *Tablas del Calendario entre el humo dormido*, publicadas durante 1918 en *La Publicidad*, de Barcelona.

Sobre la naturaleza de estas figuras menores —no en belleza—,

> con asuntos tan decaídos para algunos pareceres declaró el propio Miró que «tienen su principio y mantenimiento en nuestra infancia, un origen y un sostén fervoroso de ingenuidad; pero es que sus evocaciones se hallan impregnadas de nuestra emoción de la Semana Santa, de su liturgia magna y triste, y de la lírica de nuestra mocedad. Luna de Nisán; luna grande de primavera (...) Nuestras Semanas Santas antiguas, infantiles y, después, fragantes, apasionadas. Sol de siesta. Silencio de la ciudad, bajo sus torres de campanas inmóviles, noches olorosas de Jueves Santo. Nuestros pies resonaron en las piedras de nuestras calles, y nos parecía pisar las losas de Jerusalén. Inocencia y sensualidad[18].

Nada más definitorio: inocencia y sensualidad, factores que necesariamente no podían inspirar un tratado de teología, sino una maravillosa recreación artística. Y, por ello, la Semana Santa, en la palabra de Miró, nos transporta a las inocentes hermosuras que guardaba el tiempo ido, resbalando por su Alicante, que con los años y las leguas se le fue desvelando, cual recobrada Is entre el «humo dormido».

A la doble evocación —bíblica y vital— únese el atractivo barroco de la liturgia solemne y sensual, así como la ironía típicamente mironiana, de la que Óscar Esplá dijo que era a modo de «tendencia persistente a romper al sesgo la recta inicial de la anécdota con la peripecia discorde». Dicho más sencillamente: «estética

---

[18] Miró, G., «Lo viejo y lo santo en manos de ahora», en *Literatura alicantina 1839-1939*, de V. Ramos, *op. cit.*

del chasco». La sonrisa queda prendida a la palabra artística y a la ternura de un profundo espíritu cristiano: «cada forma verbal —escribió Gaziel— era para Miró como una Forma consagrada, y en la que iba escondido, presente e invariable, el Dios vivo de toda poesía»[19].

Por ser Gabriel Miró uno de los espíritus más profunda y abiertamente religiosos de la literatura española, los lectores no deben buscar en sus páginas patentes de confesionalidad. Su sentimiento religioso, de tan dinámico, nos conduce a un vastísimo más allá de todo credo particularista.

---

[19] Gaziel, Preliminar a *Semana Santa*, de G. Miró, *op. cit.*

# Nuestra edición

El texto de la presente edición de *El humo dormido* reproduce íntegramente el de *Obras Completas de Gabriel Miró*, vol. VIII. *El humo dormido. El ángel, el molino, el caracol del faro.* Prólogo por Óscar Esplá. Edición Conmemorativa emprendida por los «Amigos de Gabriel Miró». Revisión del texto y notas por P. C. Barcelona. Tipografía Altés, 1941. (Edición de 250 ejemplares numerados y nominados, en papel de hilo, con el nombre del autor en filigrana.)

# Bibliografía

*Ediciones de* El humo dormido

- Madrid, Atenea, 1919.
- Madrid, Biblioteca Nueva, 1938.
- Madrid, Edición Conmemorativa, volumen VIII, 1941 (con prólogo de Óscar Esplá).
- Madrid, *Obras Completas,* Biblioteca Nueva, 1943 (nota preliminar, datos biográficos y prefacio por Clemencia Miró).
- Buenos Aires, Losada, Col. «Contemporánea», 1954.
- Madrid, Anaya, 1964 (introducción y notas por Vicente Ramos).
- Nueva York, 1967 (introducción y notas por E. L. King).

*Pasajes y capítulos de* El humo dormido:

- *Semana Santa.* Prefaciones de Gaziel, ilustraciones de Daragnès, Barcelona, Ediciones La Cometa, Gustavo Gili, 1930 (edición de 115 ejemplares, París, Talleres de Daragnès, 1930).
- *Semaine Sainte.* Traducción de Valéry Larbaud y Noémi Larthe, *Intentiones,* París, febrero-marzo 1923.
- *Semaine Sainte.* Traducción de Valéry Larbaud y Noémi Larthe, París, *Les Cahiers nouveaux,* Ed. du Sagittaire, chez Simón Kra, 1925.
- *Semaine Sainte.* Traducción y prefacio de Valéry Larbaud, ilustraciones de J. G. Daragnès, París, Talleres de Daragnès, 1931 (edición de lujo de 130 ejemplares).
- *El humo dormido* (fragmento), Nueva York, *The European*

*Caravan. An Anthology of the New Spirit in European Literature*, V. Llona. Com. and edit. by S. Putnam, Brewer, Warren and Putnam, 1931.

*Don Jesús y la lámpara de la realidad. Don Jesús y el Judío Errante. Él alma del Judío Errante y Don Jesús.* En *De Unamuno a Ortega y Gasset*, de L. Navascués, Nueva York, Harper and Brothers, 1951.

## Bibliografía fundamental sobre la vida y obra de Gabriel Miró

GUARDIOLA ORTIZ, J., *Biografía íntima de Gabriel Miró*, Alicante, 1935.

LIZÓN, A., *Gabriel Miró y los de su tiempo*, Madrid, 1944.

NAPOLITANO DE SANZ, E., «Miró y la generación del 98», *Revista de la Universidad de Buenos Aires*, Buenos Aires, 1948.

RAMOS, V., *Vida y obra de Gabriel Miró*, Madrid, El Grifón de Plata, 1955.

BAQUERO GOYANES, M., *Prosistas españoles contemporáneos*, Madrid, Rialp, 1956.

BECKER, A. W., «El hombre y su circunstancia en la obra de Gabriel Miró», *Revista de Occidente*, Madrid, 1958.

ENTRAMBASAGUAS, J., «Gabriel Miró», en el vol. *Las mejores novelas contemporáneas*, IV, Barcelona, Planeta, 1959.

PRAAG-CHANTRAINE, J., *Gabriel Miró ou Le visage du Levant, terre d'Espagne*, París, Nizet, 1959.

SÁNCHEZ GIMENO, C., *Gabriel Miró y su obra*, Valencia, Castalia, 1960.

ESPLÁ, Ó., *Evocación de Gabriel Miró*, Alicante, Caja de Ahorros del Sureste de España, 1961.

KING, E. L., «Gabriel Miró y "el mundo según es"», *Papeles de Son Armadans*, Palma de Mallorca, mayo 1961.

GUILLÉN, J., «Palabra, sensación y recuerdo en Gabriel Miró», en su vol. *Lenguaje y poesía*, Madrid, Revista de Occidente, 1962.

MEREGALLI, F., *Gabriel Miró*, Varese, Istituto Editoriale Cisalpino, s. a.

RAMOS, V., *El mundo de Gabriel Miró*, Madrid, Gredos, 1964, 2.ª ed., 1970.

VIDAL, R., *Gabriel Miró. Le style. Les moyens d'expression*, Burdeos, École des Hautes Études Hispaniques, 1964.

GUILLÉN, J., *En torno a Gabriel Miró. Breve epistolario*, Madrid, Ediciones de Arte y Bibliofilia, 1969.

LAGUNA DÍAZ, E., *El tratamiento del tiempo subjetivo en la obra de Gabriel Miró*, Madrid, Ed. Espiritualidad, 1969.

LÓPEZ LANDEIRA, R., *Gabriel Miró: trilogía de Sigüenza*, Madrid, Castalia, 1972.

BARBERO, T., *Gabriel Miró*, Madrid, E. P. E. S. A., 1974.

MACDONALD, I. R., *Gabriel Miró: His private library and his literary background*, Londres, Támesis Books Limited, 1975.

LABRADOR GUTIÉRREZ, T., *Lengua y estilo en Gabriel Miró*, Sevilla, Universidad, 1975.

Catálogos bibliográficos: *Cuadernos de Literatura Contemporánea*, núms. 5-6, Madrid, C. S. I. C., 1942, y *El Lugar Hallado*, Polop (Alicante), 1952.

*El humo dormido*

# A ÓSCAR ESPLÁ [1]

De los bancales segados, de las tierras maduras, de la quietud de las distancias, sube un humo azul que se para y se duerme. Aparece un árbol, el contorno de un casal; pasa un camino, un fresco resplandor de agua viva. Todo en una trémula desnudez.

Así se nos ofrece el paisaje cansado o lleno de los días que se quedaron detrás de nosotros. Concretamente no es el pasado nuestro; pero nos pertenece, y de él nos valemos para revivir y acreditar episodios que rasgan su humo dormido. Tiene esta lejanía un hondo silencio que se queda escuchándonos. La abeja de una palabra recordada lo va abriendo y lo estremece todo.

No han de tenerse estas páginas fragmentarias por un propósito de memorias; pero leyéndolas pueden oírse, de cuando en cuando, las campanas de la ciudad de Is, cuya conseja evocó Renán[2], la ciudad más o menos poblada y ruda que todos llevamos sumergida dentro de nosotros mismos.

---

[1] Ilustre músico, nacido en Alicante (1886). Obras: *Sonata del Sur, Sonata Española, La nochebuena del diablo, Don Quijote velando las armas*, etc.

[2] Ernesto Renán (1823-1892), autor de *Vie de Jésus, Dialogues philosophiques, Les Évangiles*, etc.

# LIMITACIONES

Los domingos se oía desde una ventana el armónium de un monasterio de monjas[3]; pero se oía muy apagado, y, algunas veces, se quebraba, se deshacía su dulzura; era preciso enlazarla con un ahínco de imaginación auditiva. Pasaba el ruido plebeyo de la calle, más plebeyo entonces el auto que la carreta de bueyes; pasaba toda la calle encima del órgano, y, como era invierno, aunque se abriesen los postigos, las vidrieras, toda la ventana, quedaban las ventanas monásticas cerradas, y luego el plañido del viento entre los árboles de la huerta de las monjas. Había que esperar el verano, que entreabre las salas más viejas y escondidas; así se escucha y se recoge su intimidad mejor que con las puertas abiertas del todo; abrir del todo es poder escucharlo todo, y se perdería lo que apetecemos en el trastornado conjunto. Y llegó el verano y la hora en que siempre sonaba el armónium celestial: la hora de la siesta; inmóviles y verdes los frutales del huerto místico: el huerto, entornado bajo la frescura de las sombras; la calle, dormida; todo como guardado por un fanal de silencio que vibraba de golondrinas, de vencejos, de abejas... Y no se oía el órgano; había que adivinarlo del todo. La monja música dormía la siesta. Lo permite el Señor. ¿Cómo podrá oírse la música del cielo que sigue piadosamente el mismo camino de la vida de los hombres?

Aprovechémonos de lo que pase y nos llegue a través de las ventanas cerradas por el invierno...

¿De modo que nos limitaremos al invierno? Pero ¿no sería limitarse más la espera del verano? ¡Si ni siquiera llegamos a nuestros términos! Tocar el muro, saberlo y sellarlo de nosotros significa poseerlo.

---

[3] Antiguo convento de las Capuchinas, establecido en 1674 en Alicante. Se hallaba en el solar que hoy ocupa el edificio del Banco de España.

Limitados no es limitarse a nosotros mismos. Proyectémonos fuera de nuestras paredes.

Había plenitud en el sentimiento del paisaje del escondido Somoza[4], que confesaba no comprender más que el campo de su país, porque de este campo suyo de Piedrahíta se alzaba para sus ojos y sus oídos la evocación y la comprensión cifrada de todo paisaje.

...Entre el humo dormido sale ahora el recuerdo de la pintoresca limitación de un hidalgo de Medina.

Era viejo y cenceño, de hombros cansados, de párpados encendidos, y sus manos, de una talla paciente y perfecta, ceñidas por las argollas de sus puños, de un lienzo áspero como el cáñamo. Bien se me aparece; él y su casona lugareña, casa con huerto. El huerto, tan grande que más parecía un campo de heredad, con dos norias paradas; un camino de olmos como si fuese a una aldea; un almiar ya muy roído, y en la sombra de la paja, junto a la era que ya criaba la hierba borde, un lebrel enlodado dormía retorcido como una pescadilla, y, alguna vez, sacaba sus ojos húmedos y buenos del embozo de hueso de su nalga. Leña de olivera; un cordero esquilado paciendo en el sol de un bancal de terrones; ropas tendidas entre las avenas mustias, y de una rinconada de rosales subía un ciprés rasgando el azul caliente.

El cincelado índice del caballero de Medina señalaba muchos puntos de la mañana en reposo: aquel campo binado, suyo; la rastrojera, también, y un rodalillo de maíz y un horno de cal entre las cepas canijas...

La casona, grande y muda como el huerto. Los viejos muebles semejaban retablos de ermitas abandonadas; había consolas recias y ya frágiles, arcones, escabeles, dos ruecas, floreros de altar, estampas bajo vidrios, una piel de oveja delante de un estrado de damasco donde no se sentaba nadie, lechos desnudos desde que se llevaron los

⁴ José Somoza Muñoz (1781-1852), natural de Piedrahíta (Ávila). Autor de la novela *El capón*, así como de *Memorias de Piedrahíta* y *Recuerdos e impresiones.*

cadáveres de la familia, y la cama de dosel y columnas del caballero, su cama aún con las ropas revueltas, de la que se arrojó de un brinco recrujiendo espantoso por la tos asmática de la madrugada... El comedor, que huele a frío y soledad, y, al lado, un aposento angosto y encalado, pero con mucho sol, que calienta los sellos de plomo, los pergaminos, las badanas de las ejecutorias, de las escrituras, de los testamentos que hay en los nichos de la librería, en la velonera y hasta en los ladrillos, y penetraban en el aposento, quedándose allí como dentro de una concha, las voces menuditas y claras de las eras de Medina, rubias y gloriosas de cosecha, joviales de la trilla.

Vino un quejido de un artesón venerable que se iba rosigando a sí mismo.

Y le dije al caballero que yo sabía quién pudiera comprarle alguna consola, las ruecas, un aguamanil vidriado, los arcaces...

El hidalgo movió sus dedos como si oxeara[5] mis palabras, y descogió manuscritos de fojas[6] heráldicas; las había de maestrantes, de oidores de Chancillería, de un inquisidor cuyos eran los arcones y el aguamanil. ¡Sería inicuo vender las prendas de sus antepasados!

Cuando nos despedimos parecióme que el caballero se volvía a su soledad para tenderse encima como una estatua de sepulcro. Pero la estatua, antes de acostarse en su piedra, se asomó al portal y me dijo:

— Lo que yo vendería es el huerto, la casa y todo de una vez.

...Un día vimos a un desconocido. Se dirá que a un desconocido le vemos todos los días; pero no le vemos, porque cuando levantamos los ojos de la tierra siempre queremos descansarlos en los de un amigo. Nunca pen-

---

[5] *Oxeara:* ojeara. Ojear: «espantar la caza». De la interjección latina *¡ox!*, voz muy usada por los clásicos. Según Corominas, Betanzos en 1551 la emplea en el sentido de espantar moscas. También Miró en otros libros.

[6] *Fojas:* hojas. Forma primitiva castellana.

samos, nunca reparamos en el desconocido. Al desconocido quizá no volvimos a verle más, ¡ni para qué habríamos de verle más! Pero al que conocemos, al amigo anónimo en nuestro corazón, ¿para qué apeteceremos verle tanto, si siempre recogeremos de él o le ofreceremos nosotros una reiteración de fragmento ya sabido?

Decimos: «¡Ya no volvimos a verle!», recordando al que se extravió para nosotros dentro de la vida o se hundió dentro de la muerte, y entonces es cuando le vemos prorrumpir del humo dormido, más claro, más acendrado, como no le veíamos teniéndole cerca, que sólo sería repetir la mirada sin ahondarla, sin agrandarla, quedándose en la misma huella óptica que se va acortezando por el ocio.

Quiso el Señor que fuesen las criaturas a su imagen y semejanza, y no fueron. El Señor lo consintió; y las criaturas se revuelven porque el Señor no es su semejante, no imaginándolo siquiera con la humánica exaltación y belleza que imprimían los pueblos antiguos en sus divinidades. Se quiere al Señor semejante y a los hombres también; una semejanza sumisa, hospitalaria, una semejanza hembra para la ensambladura de nuestra voluntad.

Y un día se oyen unas pisadas nuevas que resuenan descalzas, cerca de nosotros; y nada hace levantar tanto la mirada como los pasos nunca oídos. Llegan a nuestras soledades... Casi todos se detienen y se juntan en el mismo sitio de nuestra alma; nosotros también nos paramos en la primera bóveda; alguno se asoma, y se vuelve en seguida al ruedo del portal; otro avanza y se queda inmóvil y mudo delante de nuestro «doble», y allí se está hasta que se aburre y se duerme...

Han de sonar los pasos de un desconocido o los de un amigo que nos remueva todo, que evoque sin desmenuzar las memorias, que sea como la palabra creada para cada hervor de conceptos y emociones, la palabra que no lo dice todo, sino que lo contiene todo.

Pasó el hombre desconocido. Caminaba como si se

dejase todo el pueblo detrás; y casi todas las gentes, aunque les rodee el paisaje, caminan como si siempre pisaran el polvo de una calle, y él no, a él se le veía y se escuchaba su pie sobre la tierra viva, su pie desnudo aun a través de una suela de bronce. Seguía el mismo camino de los otros, y semejaba abrirlo; levantaba la piel y el callo de la tierra, y sentía la palpitación de la virginidad y, en lo hondo, la de la maternidad; pies que dentro de la huella endurecida de sandalias o de pezuñas hincan su planta, troquelan el sendero y sienten un latir de germinaciones. Todo breñal en torno de sus rodillas lo que es asfalto liso para los otros hombres que llevan en sus talones membranas de murciélago o la serrezuela de la langosta, y si dejan señal la derrite un agua de riego, en tanto que, en la senda, la lluvia cuajará la huella del caminante que hiende su camino con la reja de su arado.

Siempre se alza ese hombre entre el humo dormido... Y el rumor de sus pisadas trastorna las palabras del *Eclesiastés,* porque sí que hay cosa nueva debajo del sol, del sol y de la tierra hollada; todo aguarda ávidamente el sello de nuestra limitación; todo se desgarra generoso y se cicatriza esperándonos...


## NUÑO EL VIEJO

Todas las tardes nos llevaba Nuño al Paseo de la Reina[7]. Nuño era el criado antiguo de mi casa. Llamábase Antón Nuño Descals; pero nosotros le decíamos Nuño el Viejo, porque tuvimos un mozo que también se llamaba Nuño.

Nuño el Viejo había nacido en los campos de Jijona[8]. Allí el paisaje es quebrado; los valles, cortos; los montes,

---

[7] Paseo de Alicante, empezado a construir hacia 1821. Hoy, avenida de Méndez Núñez.

[8] Ciudad de la provincia de Alicante, en la que Miró desarrolla la acción de *Nómada.* Véase también el capítulo «Origen del turrón», del *Libro de Sigüenza.*

huesudos, y todo es fértil. Es que los cultivos se apelda-
ñan, y no se desperdicia la tierra mollar. Los labradores
de Jijona siente el ahínco agrícola del antiguo israelita.
Su azadón y su reja suben a los collados, colgando los
planteles de vides y almendros, y mullen el torrente y la
hondonada para criar un bancalillo hortelano. Pero
Jijona es más venturosa que Israel. Israel cuidaba amo-
rosamente la tierra prometida por Dios, y los hombres
extraños dieron en quitársela y se la quitaron. Impedir
que se cumpla una promesa es la misión de los que no
resulten particioneros de su goce.

Hombres de Jijona, andariegos de todos los países para
volver al suyo. Semejan probar que nada mantiene tanto
la quimera del libre camino como sentir la propia raigambre. Todos los hombres de Jijona tienen un ansia de
nómada, y todos suspiran por el reposo al amor de las
parras que rinden los racimos de Navidad; todos menos
Nuño el Viejo. A nosotros, a mi hermano y a mí, nos
decía que él también caminó mucho mundo, y nos lo
decía llevándonos apretadamente de la mano, para que
no nos fuésemos de su guarda y llevándonos al Paseo de
la Reina, donde todos iban a sentarse; paseo angosto,
embaldosado, y en las orillas, a la sombra de los olmos,
inmóviles como árboles de patio, los pretiles de bancos
roídos; bancos y cigarras que ya conocían todas las voces
y cataduras de las gentes.

Nuño el Viejo siempre se sentaba al lado de un hombre
corpulento, de color de roca viva, con barba de rebollar
ardiente que le cegaba los labios; de la breña salía la
gárgola de su pipa, y encima del ceño se le doblaba el
cobertizo de la visera de su gorra. Nos hubiera parecido
un pedazo vegetal sin el áncora que traía bordada en la
gorra, un áncora de realce oxidado como recién subida
de las aguas. Casi nunca hablaba ni nos miraba; sólo de
tiempo en tiempo, chupando humo, envolviéndose de
humo, murmuraba con una melancolía pastosa de hombre gordo: «¡Allá en las Carolinas...!» Y semejaba decirlo
desde muy lejos, desde las Carolinas... Nosotros nos

subíamos sobre el banco, y arrancábamos esparto de aquellas barbas tan rurales y tan limpias: hebras duras y retorcidas, azafranadas, amarillentas, musgosas, metálicas: y la peña sonreía sin boca y sin ojos, gigantescamente, mansa y resignada.

«Nuño decía:

— ¡Pues yo en la Mancha...!»

Y nos quedábamos pensando en la Mancha, que la veíamos como un continente remoto, porque Nuño el Viejo estuvo allí, y porque la evocaba junto al hombre de las Carolinas.

De improviso, Nuño daba un brinco y un grito de pastor.

Es que se le había escapado mi hermano. Yo deseaba que huyese mi hermano, sólo por sentir cruzada toda la tarde con la voz de Nuño el Viejo y el tropel de sus botas grandes. Se le inflamaban las mejillas, enjutas y peladas, y se hincaba más su gorro felpudo, de pellejo de tostado color, un gorro de ruso, que todavía traen los hombres antiguos de Jijona.

Mi hermano le evitaba protegiéndose de tronco en tronco; y Nuño, con los brazos abiertos, doblando los hinojos, cometía el candor elemental de ir a los mismos árboles que mi hermano iba soltando. Nuño el Viejo trasudaba y gemía, porque podía pasar un coche y aplastar a mi hermano. Pero no podía pasar ningún coche por el Paseo de la Reina; sino que en mi ciudad, tan sosegada, tan dormida en aquel tiempo, parecía que sólo puediese ocurrir esa malaventura: que un coche, que un carro atropellase a un niño. «¡Por Dios, Nuño, los coches!», le advertían en mi casa. Nuño el Viejo movía su cráneo de mayordomo y afirmaba: «¡Piensen que me los confían!» Era el criado fiel. Todos pregonaban su virtud. Cuando salíamos de viaje, a Nuño el Viejo se le confiaba la casa, y él desdeñaba cama y sillones en aposentos, y dormía atravesado detrás de la puerta, como un mastín de heredad. Un hombre honorable, en presencia de quien no le conoce, puede hasta por sencillez, por méritos de humilde, descuidarse de sus otras virtudes. En Nuño el Viejo no era posible este abandono. Estaba siempre acechándose su fidelidad, porque se sentía contemplado de todo un pueblo. Virtud más fuerte que la criatura que la posee; virtud exclusiva, y basta con ella, principalmente porque es el descanso de los otros. Nuño era fiel, y lo demás se le daba por añadiduría.

De olmo en olmo volvía mi hermano a nuestro asiento; después, llegaba Nuño con el trueno de sus botas y su grande susto y agravio, que le exaltaba la faz y el gorro de pieles; gorro tan suyo, que cuando se descubría creíamos que se rebanaba medio cráneo por comodidad, pero el medio cráneo más jerárquico y significativo, su ápice, su sello y su insignia de mayordomo. Ver la gorra velluda en el perchero del vestíbulo era sentir a Nuño más cerca y más firmemente que si él la llevase. Con la gorra puesta se le escapaba mi hermano, pero la gorra sola impedía la más desaforada y la más leve travesura. El gorro de Nuño el Viejo me ha explicado la razón y la fuerza evocadora de los símbolos y de muchos misterios.

Nuño, todavía jadeante, me señalaba avanzando el belfo:

—¡Este es de otra pasta! ¡Cuando acabe sus estudios!...

Entre la borrasca de las cejas del hombre roblizo salía su mirada sin vérsele los ojos; humeaba resollando la gárgola, y se oía muy hondo:

—...Y cuando acabe los estudios, a caminar... Allá en las Carolinas...

Pero Nuño, sin hacerle caso, mentaba la Mancha.

Las Carolinas y la Mancha principiaban para nosotros en el Paseo de la Reina, y se iban esfumando como tierras legendarias y heroicas. La Mancha, un poco fosca. Las Carolinas, entre claridad de barcos de vela.

Salían los chicos de los colegios; venían los gorriones a los olmos y de una calle en cuesta, sumida, apagada, llegaba un gañido de tortura.

...Corríamos, pero cogidos de la mano de Nuño, y corríamos para asomarnos pronto a la calleja del clamor.

Nos seguía, fumando, el hombre de la barba vegetal.

Siempre hallábamos lo mismo: todo solitario, y detrás de una reja, una mujer idiota y tullida; eran sus ojos muy hermosos, dóciles y dulces; sus mejillas, pálidas de mal y de clausura; sus cabellos, muchas veces retrenzados para contener el ímpetu de su abundancia; pero su boca, su boca horrenda como un cáncer; la boca del alarido de todas las tardes, desgarrada, de una carne de muladar, mostrando las encías, los quijales, toda la lengua gorda, revuelta, colgándole y manándole bestialmente... Me miraba muy triste y sumisa, y se le retorcía una mano entre los hierros, una mano huesuda, deforme, erizada de dedos convulsos; le temblaban los dedos como se estremecen los gusanos.

—¿Por qué grita la loca? —le preguntábamos a Nuño.

Nuño se quedaba cavilando.

—Grita por eso..., porque está loca, y llamará a su madre, que es cigarrera y viene de la fábrica ya de noche...

—¿Y por qué grita todas las tardes?

Nuño se golpeaba contra el muro de su frente.

—¿Y por qué a vosotros se os ha de antojar que pasemos todas las tardes por el mismo sitio?

—¡Por ver a la loca!

—¿Por verla? ¡Por ver a la loca!... ¡Cuándo tengáis estudios!...

Nos miraba todo el bosque del gigante, y su voz tupida como una lana iba barbotando:

—¡Estudios!... ¡Allá en las Carolinas!...

La loca se quedaba ensarmentada a la reja de la calle solitaria. Pasaba un murciélago tropezando, temblando en el azul tan tierno entre las cornisas hórridas, y cuando llegaba sobre la mano de la idiota, retrocedía espantadamente.

...Y una tarde no se escapó mi hermano; nos escapamos los dos del Paseo de la Reina; pero antes nos pusimos en presencia de Nuño, previniéndole que queríamos marcharnos.

Quedóse pasmado su gorro. ¿Irnos ya? ¿Era posible, no siendo la hora de siempre? La hora de siempre la señalaba el alarido de la loca, y la loca aún no había gritado. Los dos buenos hombres, el de las Carolinas y el de la Mancha, se revolvían perplejos...

—¿No nos aburriríamos si nos fuésemos ya?

Sentían una ciega inquietud del tiempo de sobra. Se iban a dar cuenta de que les sobraba vida. Y no se movieron del banco. Pero nosotros vencimos a Nuño el Viejo por su punto frágil: su virtud; comprometer la virtud de su fidelidad. El predominio de una virtud constituye un riesgo de flaqueza. El concepto del justo es una medida, una exactitud matemática del bien, casi ignorada. Platón imaginó las suavidades de las *sophrosyne;* nosotros conocemos la relatividad del justo que peca siete veces al día, aunque pueda pecar más o menos, según la justeza del justo, porque sin duda se adoptó el número 7 por su valor cabalístico. Y como Nuño el Viejo no era amigo de la *sophrosyne* ni justo, sino un amenazado por su virtud culminante, nosotros nos escapamos. Todo el paseo retumbó de botas grandes. Nos volvimos para mirar. Sólo Nuño nos perseguía. Su amigo permaneció en el banco, porque aún no había gritado la lisiada. Y por eso, porque aún no había chillado, nos marchábamos nosotros: para ver el tránsito del silencio al grito. Como íbamos solos y huidos, no nos parecían los lugares los mismos de todos los días, y nos perdíamos; un pasadizo donde crepitaba un telar cansado pudo devolvernos al Paseo de la Reina. ¡Señor, y ya comenzaban a rebullir los chicos de las escuelas! Nos pasó alborotando un grupo mandado por un mozallón chato, que llevaba un catecismo mugriento. Llegarían al portal de la loca antes que nosotros. ¡Y Nuño nos alcanzaba!... Resonó el gañir de la mujer. Empavorecía oírlo de cerca, porque se sentía el estridor de todo su cuerpo; todo su cuerpo como una lengua hinchada, babeante y herida.

Corrimos más. Y los dedos de Nuño se enroscaron como argollas a nuestros pulsos. Es que nos habíamos parado, mirando, mirando... El rapaz talludo, subido a los travesaños de la reja, botaba chafando con sus pies de hombre la mano crispada de la idiota; ella clamaba, y los otros cantaban. Y desde lejos las buenas gentes decían:

—¡La loca grita; las cinco y media!

Nuño el Viejo se nos llevó arrastrándonos. Era la hora exacta. Nuño suspiraba:

—¿Pensabais perderme? ¡Pues si no os alcanzo, y os ven los chicos y os peleáis, y en aquel momento pasara un coche!...

Estuvimos enfermos. Cuando volvimos al Paseo de la Reina ya no gritaba la loca. Una noche se la encontró muerta su madre.

Y del humo dormido sube siempre el clamor de la lisiada, entre alegría de los chicos que salen del colegio. Las cinco y media de la tarde de entonces...

## DON MARCELINO Y MI PROFETA

«Cuando éste acabe los estudios», dijo muchas veces Nuño el Viejo, y lo pronunciaba con amargura y todo el renunciamiento de su gloria profética, porque sólo un Simeón pudo tomar en sus brazos al Mesías.

Me sentí emplazado por la encendida palabra de Nuño. Había de acabar mis estudios, y los comencé. Ya estaba en Colegio[9] mi hermano; yo, no, por mi poca edad y salud; y vino maestro a casa. La primera tarde le aguardé con un sobresalto casi delicioso. Nuño interrumpía sus menesteres para decirme:

—Yo ya le he visto.

Iba a llegar el brazo de la profecía, el molde de mi mañana y plenitud, y con la carne viva de mi ansia, un ansia cuyos dejos todavía traspasan al humo dormido, le pregunté a Nuño que cómo era el maestro..

---

[9] Colegio de Santo Domingo, regentado en tiempo de Miró por la Compañía de Jesús.

Apartóme Nuño, y junto a una vidriera, delante del mar, se quedó mirándome, y comenzó a doblarse descendiendo su cráneo.

— ¿Que cómo es?... ¡Se llama don Marcelino!

Y marchóse el profeta a limpiar las tinajas y la zafra, porque había de venir el cosario del Rebolledo[10] que nos traía el aceite.

Volteó la esquila de la puerta. «No será don Marcelino», me dije.

Y no fue. Nunca engañaba la campanilla de la cancela; su voz viejecita y aldeana se apresuraba a revelar el genio y aun la figura del que venía; su cordón rojo acomodaba dócilmente sus nervios de estambre a todos los temperamentos.

«¿Cómo tocará la esquila cuando llame don Marcelino?» Y yo la miraba, esperando de ella más que de Nuño.

Han callado ya los esquilones que sonaban a ermita y a casa, a nuestra casa; y ahora vibran los timbres, tan prácticos y plebeyos, con impasibilidad de escritorio.

Y don Marcelino entró sin llamar, aprovechando la salida del trajinero del aceite. Pasados los comedimientos y saludos familiares, nos quedamos solos don Marcelino y yo, y quise comenzar a verle; pero sin oír la esquila movida por su mano se malograba la emoción del maestro; y estas emociones rotas en su principio ya no alcanzan su entereza. Nunca sabré cómo llamaba don Marcelino.

Asomóse Nuño sonriéndonos.

— ¿Qué le parece? Yo digo que cuando éste acabe...

El maestro movió su cabecita estrecha, que daba un brillo de humedad.

— ¡Sí, sí!

¿Le tendría sin cuidado que yo acabara los estudios?

Don Marcelino era menudo, de huesecitos tan frágiles y decrépitos que no semejaban originariamente suyos, sino usados ya por otro y aprovechados con prisa para su

---

10 Caserío a doce kilómetros de Alicante.

cuerpo; y cuando hablaba se oía su voz como un airecillo que atraviesa un cañaveral renaciente. Yo siempre le miraba las manos medroso de que su voz le quebrase un artejo. Guiaba mi lección con la uña de su meñique, una uña muy grande, y recordaba la de los canarios, y bajo su tostada transparencia se me aparecía la cifra o la palabra rebelde para mis ojos y mi lengua.

«El apasionado —he leído en Ribot[11], acordándome de don Marcelino— se halla confiscado por su pasión; él es su pasión; perderla sería dejar de ser el mismo.» Pues don Marcelino era sólo su uña, y sin ella no me imaginaría a don Marcelino. Sus ojos, gruesos y amargos, distraídos en cavilaciones, únicamente mostraban fijeza acariciando su uña casi virgen.

—¿Por qué miras tanto mi uña? ¿Es que le tienes también miedo?

—¿También? ¡Yo no!

—Por ella perdí lecciones; los chicos se quejaban a sus padres, y algunos quisieron que la recortase. Claro, prefería irme. ¡Recortarla! Es lo que más pertenece a mi voluntad. Ves larga esta uña porque yo he querido.

—¿Y si se le rompe?

Palidecían sus mejillas huecas, le temblaban las sienes y se acercaba a su vista el dedo de su predilección.

—Dime los grandes ríos de Asia —y seguía contemplando su uña.

Yo, por probarme que no me escuchaba, le decía los grandes ríos de Europa.

Nuño, de puntillas, de puntillas de sus botas gordas, pasaba para sonreírme y repetir la promesa de mis tiempos.

Sobre nosotros descendía la mirada de un retrato, un óleo grietoso, de un hidalgo enjuto, amigo de algún abuelo mío, con casaquín verde, chorrera como de es-

---

[11] Théodule Ribot (1839-1916), filósofo francés, autor de *Les maladies de la mémoire, Les maladies de la volonté, Les maladies de la personalité, Essai sur les passions,* etc.

pumas que le caían de la morena quijada, placa en el costado y guantes rígidos, cogidos delicadamente por su diestra pulida y nerviosa.

—¡Nos mira, y está ya muerto!

—¡Sí, sí; se ha quedado su mirada en este mundo; dura más que él!

Y don Marcelino se guardaba la uña, y después toda la mano, en la faltriquera de su gabancito color de pan. Y se marchaba.

* * *

Un día cortó el maestro la clase, y, llevándome a la ventana, mostróme la casuca roñosa de una alfarería abandonada.

—Allí vivía una vieja con una tortuga y un gato...

—Si yo lo sé; es una que sale y da un puño de altramuces y un molino de papel a cambio de ropas y alpargatas casi podridas. Se rasca la miseria contra las paredes, como las cabras...

—Pues ésa; y ahora la buscaba una comadre; estuvo llamándola, y entró y la vio atada y sentada en el lebrillo de los altramuces, con los oídos traspasados por un agujón... ¡Anda, vamos a escribir una fábula de Esopo con letra inglesa!

Don Marcelino se miraba la uña; yo veía sobre mi plana a la mujer. Pasaba por las calles calientes de la siesta, levantando su hoguera de molinillos de colores; todos rodaban, llenos de sol y de brisa, con un fresco ruido y alborozo que dañaba surgiendo de aquella vida.

Y dije:

—No me sale la letra inglesa. ¡Vámonos a la playa y repasaremos lección de Gramática!

Lo consintieron en casa, y nos fuimos a la guarida de la abuela de los altramuces.

El portal y las bardas, bardas con vidrios y calabaceras velludas, se agusanaban de rapaces y mujeres de andrajos y desnudez pringosa. Penetramos en el tumulto y hedor de carne agria, de cabellos aceitosos, de vida cruda, de casta; gritos de fauces rojas, aliento de desolladura, risadas que parecían revolcarse en la sangre de los oídos clavados de la muerta. Disputaban imaginando su agonía: cómo debieron de agarrarla y trabarle las manos flacas y pajizas, que recordaban las patas de una gallina cocida; cómo le crujiría el pecho cuando le pusiera el asesino la rodilla para la fuerza de hincar la aguja. La aguja estaba doblada.

Me acongojé sintiéndome entre ellos, creyéndome entre ellos para siempre, chillando, sudando, oliendo lo mismo... Y para aliviarme me asomé al portal de la asesinada.

En lo hondo bullían unos hombres. Me dijeron que eran la Justicia. Yo nunca había visto a la Justicia. Con el pie o con un bastón iban removiendo aquellos hombres todo el ajuar; harapos de mantas, cabezales, un cántaro sin asas, una escudilla de arroz, donde comería el gato y la vieja; una orza de engrudo, papeles ya cortados para los molinillos, tizones, esparteñas; todo lo hurgaban.

—¿Qué hacen?

—Es la Justicia... —me respondió don Marcelino.

—Bueno; pero ¿qué hacen?

—Están buscando la verdad.

Desde la leja les acechaba el gato; junto a un cofín, la tortuga, inmóvil y cerrada bajo su bóveda, oiría el trastorno siniestro. Los dos guardaban la imagen de la verdad feroz. Participaron de la soledad del crimen sin interrumpirla, quedando a nuestros ojos como esculpidos en una estilización humana, porque llevan la angustia de un secreto de los hombres... Y ya los animales que viven en las casas trágicas, en las casas desventuradas, se quedan siempre mirándonos entre el humo dormido.

* * *

...Llegó transfigurado, de gozo y de sudor y tierra de camino.

—¿Os traen el aceite del Rebolledo? Pues de allí vengo. ¡No hay moza tan galana como María la del Rebolledo!

Es hija de una lavandera, y estudia para maestra. Ya ves, ¡los dos maestros! Asomada a su reja me oía y tocaba un clavel ardiente; todo el sol de la calle olía a clavel, y era el único de la mata. Me pareció que dentro estaba toda la María del Rebolledo... Ya lo comprenderás más tarde. Y le pedí ese clavel. Se puso muy blanca, me miraba muy triste; pero tronchó el clavel y me lo dio con una gracia de santa y de princesa. ¡Toda la mañana por el Rebolledo con mi clavel!

Yo reparé en sus manos, en su mustio gabán, y le dije:

—¿Y el clavel, don Marcelino?

Crujieron todos los huesecitos de don Marcelino, y brincó palpándose las ropas.

—Me lo he dejado, me lo he dejado en el Rebolledo!

Y dióse una puñada en la frente y exhaló un alarido pavoroso, porque se había quebrado la uña de su meñique, su voluntad hecha uña...

..............................................................................................

...Ya era yo grande; salí del colegio, y una dama devota me dijo la muerte de don Marcelino, advirtiéndome:

—No has de sentir que muriese, sino su perdición por sus malos pensamientos.

—¿Malos pensamientos?...

—Fue siempre un descreído y no quiso ni tierra sagrada para su cuerpo. ¡Murió descomulgado!

—Don Marcelino era un infeliz.

—¡Bien infeliz; tú lo dices, hijo! ¡Bien infeliz, que no escuchó la palabra de Dios!

—¿Y si no pudo oírla?

—¿Que no pudo oír la palabra que a todos llega? ¿No sabes que el Señor nos habla aun por medio de sus criaturas? De ti mismo se valdría para atraerse a don Marcelino.

—¿De mí?

Y se me apareció mi lección entre el humo del pasado: don Marcelino me preguntaba los grandes ríos de Asia y yo le decía los de Europa. ¡Señor!....

Siguió mi partida a la Facultad[12], y Nuño pudo también seguir anunciando mis días venideros. Entonces los hijos de España, de familias villanas y patricias, de labradores, de mercaderes, de menestrales, de viudas, de toda progenie y condición, toda la mocedad había de ser jurista. Era cuando se enumeraban y celebraban las muchas «salidas» que pueden deparársele a un abogado.

Repetíase el gozoso regreso de las vacaciones. Leíamos el *Idilio,* de Núñez de Arce[13].

El profeta, ya sin gorro velludo, y entonces veíalo yo más en su pelada frente; el profeta me hablaba de «usted», pero a hurto de todos me asía por los hombros para llevarme a su flaca mirada y pedirme:

—¿Cuándo acabas?..

La profecía trocóse en pregunta. Y tuve que sucederle en la promesa, diciéndole:

—¡Cuando yo acabe!...

Aquí vino el recogerse entre libros, y el empezar los quebrantos, y el adolecerme de mis camaradas, los pobres licenciados sin «salida». Y Nuño siempre buscándome para decirme agoniosamente.

—¿Cuándo acabas?... ¡No ves cómo hay quien medra!

En aquel tiempo yo leía lo que Gracián[14] escribiera para todos los tiempos, y aún mejor para los de hogaño: «...ya habla sobre el hombro el que ayer llevaba la carga en él; el que nació entre las malvas pide a los artesones de cedro; el desconocido de todos, hoy desconoce a todos».

......................................................................

La edad y el asma rindieron a Nuño. Y sintiéndome a

---

[12] Facultad de Derecho de la Universidad de Valencia. Sobre sus oposiciones véase el capítulo «El Señor de Escalona (Justicia)», en *Libro de Sigüenza.*

[13] Gaspar Núñez de Arce (1834-1903), autor de *El haz de leña, El vértigo,* etc.

[14] Baltasar Gracián Morales (1601-1658), autor de *El criticón, El héroe, Agudeza y arte de ingenio, Oráculo manual,* etc.

su vera, aún pudo romper el telo de sus ojos sumidos, que me preguntaron con una centellica fosforescente y húmeda: «¿Cuándo acabas?»

Yo me fingí muy brioso:

—¡Nuño, no te apenes, que yo acabé ya todo lo que tú aguardabas!

Y el profeta movió su cráneo como si lo golpease amargamente al otro lado de los días prometidos...

## EL ENLUTADO Y EL PEREJIL

La vega, tan lisa, tan callada, dejaba que se tendiese y llegase muy claro el silbo del tren; luego se sentía el ferrado[15] estrépito del puente...

Los sábados, desde nuestro pupitre del salón de estudios, veíamos nosotros, escuchando, ese tren de Alicante. Sabíamos que cuando silbaba era su grito previniéndonos de que iba a precipitarse sobre el río. Se apagaba el estruendo; entonces, la pobre puente, quedábase fosca[16] y vacía toda la noche, mientras el correo resollaba muy gozoso porque nos traía al padre.

No pudiendo mirarnos —que estaba prohibido volver la cabeza—, mi hermano tosía queriendo decirme en romance: «¡Ya viene!» Y yo tosía: «¡Ya lo sé!» A poco nos llamaba el Hermano Portero.

Desde la escalera de granito desnudo oíamos el pisar reposado de mi padre, que esperaba en los claustros para besarnos antes.

Era muy tasada la visita de esa noche; y es la que más limpiamente sube del humo dormido. Nos vemos muy hijos; tocando y aspirando las ropas que aún traen el ambiente de casa y la sensación de las manos de la madre

---

[15] *Ferrado:* herrado. Del latín *ferrum.* Cfr. más adelante «Sandalias ferradas» y «Soltera ferreña».

[16] *Fosca:* oscura. Del latín *fuscus.* Cfr. más adelante «mastines foscos»: agresivos, «caravanas foscas»: pobres y «están más foscos los altares»: en tinieblas.

entre los frescos olores del camino. Le buscábamos los guantes, el bastón, lo íntimo del sombrero, todo como un sándalo herido. Le contemplábamos en medio de un arco claustral, sobre un fondo de estrellas y de árboles inmóviles de jardín cerrado.

De verdad reglamentaria la visita era el domingo; pero, entonces, había un rebullicio de familias, un lucir galas las madres jóvenes y las hijas mozas, un trocar saludos, encoger y abrir corros, agradecer las tertulias ceremoniosas del Padre Prefecto, y esta vigilada alegría, en locutorio, y el presentirse ya el lunes y toda la rígida semana dentro de la fiesta, acabó por desaborar las horas buenas.

Pues para salir de nuestras sequedades nos hurtábamos de la sala y corríamos claustros, patios, pasadizos, aulas, huertos. A veces se juntaban algunas familias, adelantándonos los chicos por la soledad académica, prometiéndonos peligros. Todavía nos exaltaba más pensar que buscábamos mundo y aventuras en nuestro edificio, pareciéndonos una mansión con zonas de misterio y encanto para sus mismos moradores; y aunque algún paraje nos fuese conocido de recreos o tránsitos, al vernos allí pocos, solos, sin guarda, era también incentivo de emoción.

Llegando una mañana de domingo a los alrededores de la tahona del Colegio, que estaba en una rinconada de la huerta, nos creímos lejos, en una granja. Sentíase un olor de leña, de pan de labrador, de descanso agrícola. Crujió la tierra, y pensé: «Será un caminante.»

Era un hombre alto, con ropas de luto; se paró cavilando, y semejaba parado encima de todo el domingo, como una figura de retrato antiguo de caballero desdichado. Muy pálido, de una palidez fría, macerada, interior, como si la guardase un vidrio, el vidrio de esta arcaica pintura. No sé ahora, y quizá entonces tampoco supe, cómo serían sus ojos, su boca, su nariz ni sus manos, porque todo él se veía bajo una transparencia de viril, de agua en calma, de cristal de féretro; transparencia que posee un misterio de claridades que se han quedado dentro hechizadas, se engruesan, se hacen pulpa lívida, se humedecen encima del hueso... El enlutado volvióse presintiéndonos, como esos brujos feroces de las consejas que recogen el «olor de carne humana» de la pobre criatura escondida. Los que ya traducían a Homero se acordaron de Polifemo[17]. Este de la tahona era un cíclope flaco, con mirar de ojos y palidez exhalada de una urna. Y huimos alborotadamente, y el monstruo de luto nos seguía...

Pasó la semana, y el domingo sucedió como siempre. Salimos cansados de la sala; pero esa mañana buscamos, en seguida, el obrador de pan. Nos llamaban nuestras familias, y nosotros desaparecimos por los trascorrales de la leña. Se acercaron pasos, y un camarada, ahogándose, gritó: «¡Ya viene el hombre que nos da miedo!» Apenas lo dijo tuvimos la conciencia del miedo, y escapamos; la negra fantasma intentó contenernos; corrimos más, llevándonos prendida su mirada y su mueca. Se nos hincaba, nos poseía su recuerdo devorador como un pecado. En los estudios le oíamos acercarse y volvíamos la cabeza irresistiblemente —aunque nos pusieran de rodillas—, sabiendo y todo que no era «él». En el oratorio, un colegial de los grandes, lector escogido para las preces de la noche —se llamaba Nicolás y tenía mucha fuerza—, declamaba penitentemente aquellos epifonemas del *Áncora de Salvación:* «He de morir, y no sé cómo; seré juzgado de Dios, y no sé cuándo. Si fuese esta noche, ¿qué cuenta le daría? ¿Qué sentencia me tocaría?...» Y nosotros agobiábamos los ojos para meditar y respondernos, y, de paso, mirábamos a lo profundo de la capilla, donde semejaba surgir el espectro del caballero pálido, de cera vieja, en un largo fanal invisible. Y después, en el dormitorio, nos acometían alucinaciones, y al conocer el quejido de un compañero atormentado,

---

[17] Cíclope. Héroe de la Odisea, de Homero.

tronaba nuestra sangre, sobrecogiéndonos del miedo de su miedo...

Vísperas de muchas fiestas, el silbo del tren palpitó como un cántico de felicidad en toda la vega. Dobló la tos mi hermano para decir:«¡Viene el padre y la madre!» Yo tosía dos veces: «¡Ya lo sé, ya lo sé!» Tosieron otros, dándonos el parabién; se malhumoraron los inspectores. Y, por la mañana, pidieron mis padres que saliesen a nuestra visita muchos internos para los que no llegaba el tren de su tierra. Era muy ancho y alegre nuestro grupo. El Hermano Portero se grifaba con las alarmas de su responsabilidad. Todo el rigor de sus ojos no logró impedir las exploraciones por las retraídas comarcas del Colegio.

A los aventureros nuevos les referíamos los antiguos la aparición del hombre descolorido, apercibiéndoles para los sustos, regodeándonos en nuestro secreto, y ya cerca de la panadería comprendimos que, siendo más, crecía también la órbita del espanto, y nos angustiaba pensar que no estuviese el fantasma de luto. Pero el fantasma nos esperó. Surgió su sombra convulsa y rota en el sol de la leña. Nuestra huida fue de un estrépito de multitud despeñada. Acudieron las familias, y oyóse a un señor, de Cáceres, tío de un colegial:

—¡Pero si yo le conozco! ¡Tiene bienes en mi tierra!

Todas las temidas maravillas y aun el mismo espectro semejaron residir y encarnarse en el buen hombre de Cáceres. Le rodeábamos y le mirábamos ávidos y casi rencorosos, y a nuestro lado se hallaba el caballero de la siniestra palidez. Juntos y avenidos retornamos a los claustros. El de Cáceres le preguntaba de sus negocios de aceites, de trigos, de sus viajes; finalmente, le preguntó si no tenía un hijo. Es que muchos de estos señores de Cáceres y de todas las provincias, de corazón apacible y de frente exacta para las menudas memorias, necesitan apartar los cereales y el aceite para ver a los hijos de otro. El enlutado sonrió temblándole su boca seca, y respondió que sí, que tuvo un hijo; un hijo de tanta blancura, que daba pena, como si fuera a romperse, de tan frágil. Todos le decían: «Parece de esos niños que ya sufren porque han de ser hombres gloriosos... ¡Es un predestinado!» La madre murió pidiendo al esposo: «¡Ese hijo, ese hijo; te quedas solo con él!...» Quedó solo; le daba alimento, le dormía, le peinaba. Había de peinarlo muy despacio; tenía el cabello alborotado de anillos rubios esculpidos sobre su frente grande de mármol. Un día arrancó una mata de perejil recién brotada. El padre quiso que se la diese; el hijo la tiró, y aquél porfiaba: «Dame la planta; verás las hojas que no han podido crecer por tu culpa.» «No tero, no tero.» Entonces yo −profirió el hombre de luto− le pegué en las manos...

El señor de Cáceres, contemplándonos a todos, celebró esta crianza y nos dijo lo del árbol que se ha de castigar cuando es tierno, y que los resabios pueden principiar de unas hojas de perejil y acaban con toda una hacienda.

Prosiguió el hombre pálido contando de su hijo... De noche, los anillos rubios de sus cabellos se le doblaban y abrían del sudor de las sienes; abrasaba su frente de mármol; le oprimían los techos, como si los soportasen sus pulmones; se le amorató la boca... «Abandoné mis molinos, los olivares, todos los negocios...» −y lo decía mirando al señor de Cáceres−. Con una lona, como las velas de las barcas, hice un toldo para proteger la cuna del nene enfermo; yo a su lado; los dos en medio de los campos, noche y día. Una labradora guisaba nuestra comida en una hoguera. Teníamos un farol viejo, y acudían palomas de la luz, caminantes, pastores, mastines... Así estaría el Niño Jesús. Contábamos cuentos, estrellas, horas de torres, cantos de gallos... Murió mi hijo amaneciendo el domingo de Pascua. La blancura helada de su piel se quedó para siempre en mi carne. No se cansaba de tocar mis mejillas, mis párpados, mi barba. Al expirar me dijo: «¿Te acuerdas de cuando no quise coger el perejil?...» Y de nuevo a los asuntos, a los viajes.

Su amigo elogió la virtud de la actividad; creía mucho en sus frutos de consolación.

—Este año traigo las harinas del colegio...

—¿Cuánta harina se consume aquí? —tornó a interrumpirle el señor de Cáceres.

Se lo dijo el enlutado, y añadió que siempre que venía pasaba las mañanas en la tahona. Al principio, pensó salir al salón de visitas para vernos; pero no podía resistir la visión de la felicidad de las familias. Por eso, cuando tomamos la querencia del obrador y de las mosteleras, y el Hermano de las compras quiso impedirla, él le rogó que nos lo consintiese...

No pudo contenerse el de Cáceres.

—El Hermano de las compras es un buen hombre de Aragón. Creo que fue maquilero de un pariente mío. ¿Se llama Espí, el Hermano Espí?

Pero todos le dijimos que no.

Y siguió el de las ropas de luto:

—...Le supliqué que os dejase, para yo veros y jugar y conversar con vosotros, y os escapabais como si vieseis al lobo...

...Aquí se hunde ese hombre en lo profundo del humo dormido. Es que no volvimos a la tahona, porque como ya no le teníamos miedo...


## LAS GAFAS DEL PADRE

Singularmente se recordaba a Hernández Aparicio por las gafas que traía su padre. Aparicio y yo pasamos juntos algún tiempo en la enfermería del Colegio.

—¡Qué gafas tan enormes lleva tu padre; los cristales podrían servir para un buzo!

Aparicio me dijo:

—Somos muchos hermanos... ¡No descansa mi padre, siempre mirando y cavilando!...

Aquellas gafas tan gordas ya me parecieron un filo que limaba, que roía insaciablemente los ojos profundos del padre pálido y contristado, caminando con los brazos hacia atrás para recoger las manos de los hijos.

Al enfermero se le plegó toda la frente, hasta el hueso, y tronó de súbito:

—¿Qué se puede ver en este mundo? Hay que mirar al cielo. San Gregorio el Magno refiere de una religiosa de San Equicio que, pasando por la huerta del monasterio, no pudo contenerse en la debida parsimonia, y arrancó y comióse una lechuga. Al punto se sintió atormentada del Enemigo. Vino San Equicio en su remedio y comenzó por increpar al demonio, y el demonio, desde lo más profundo de la penada ánima, daba voces diciendo: «¡Qué culpa tengo yo de lo que le sucede! ¡Estábame tranquilo al sol de la lechuga; llegó esta monja, y me tragó movida de la gula!» Señor Hernández Aparicio: ¿qué gafas podrían descubir al demonio recostado en el cogollo de una ensalada?

Nos quedamos pensando. Verdaderamente sería menester un microscopio de prodigiosa fineza para alcanzar el estado de gracia.

Nos desencantó mucho que el Enemigo no residiese en nuestra sangre, donde, algunas veces, nos fuese dado resistirlo y acallarlo, y quizá vencerlo del todo y arrojarlo para siempre de nuestras entrañas. Y que nos acechara desde fuera y pudiésemos engullirlo a cada instante, nos inquietó grandemente, y, además, tuvimos por muy frágiles y escasas las defensas orgánicas del hombre.

—¡Hay que mirar al cielo, y subir allá en seguida! —y el Hermano Enfermero daba un brinco. Era todo osamenta, de ojos enjutos, redondos y duros que semejaban artificiales; no podría cerrarlos porque no tenía o no se le veían los párpados; ojos sin piel, de vidrio encendido de arrebatos y alucinaciones. Deseaba morir cuanto antes, y deseaba que los demás también lo apeteciesen, y nos proponía que lo quisiéramos. Le llevaba el benzonaftol a Hernández Aparicio, y repentinamente exclamaba:

—¿No desea usted morirse, señor Hernández Aparicio? ¡Pídale a Santa Cecilia, usted que es músico, pídale que Nuestro Señor disponga de nosotros ahora mismo! Subamos al cielo para cantar el «¡O Salutaris!», acompañados por Santa Cecilia. ¡Qué más quisiéramos! Pero ¿no desea usted morirse?

Era demasiado pronto para ir al cielo. El cielo había de comenzar cuando acabase la vida de toda la tierra; entonces, según el parecer del señor Hernández Aparicio, principiará la eterna bienaventuranza, que debe ser una para todos los justos; porque, ¿cómo quieres tú —me decía Aparicio— que la gloria celestial sea más larga, más eterna para los que ya murieron y se salvaron que para los que todavía tienen que nacer, vivir y salvarse? No; esa gloria es una y la misma, y los que se hallan en el cielo han de esperar a los futuros y definitivos bienaventurados. Pues cuanto menos se aguarde, mejor.

Así pensábamos, calculando por medidas caducas y terrenas la heredad que no tiene términos.

Y proseguíamos imaginándonos la espera de la felicidad hasta en el cielo, viendo el afanoso tránsito de los elegidos. Y como en este mundo se suelen esperar las cosas buscándose los deudos y amistades para esperarlos juntos, nos dijimos que acaso en la gloria procediéramos de la misma suerte. Aparicio se estremeció. Es que se acordaba de su tía doña Raimunda Hernández, que vivió y murió como una santa. Lo proclamaban los más doctos y buenos de la provincia de Murcia. Morir y salvarse tan temprano equivalía a esperar más tiempo la vida perdurable al costado de doña Raimunda Hernández. Era seguro que había de encontrarla, aunque no pudiésemos explicarnos que llegasen a merecer la gracia y la predilección del Señor almas tan desaboridas y tan insufribles en la tierra... Al lado de la señora y del Hermano Enfermero; porque el Hermano Enfermero necesariamente moriría de un momento a otro, por el encendido fervor en implorarlo y por su precaria naturaleza.

¿No dice Shakespeare que nos irritamos por cosas menudas, aunque sólo las grandes sean las que sobresaltan y culminan nuestra vida? Nos irritaba la tía de

Aparicio y el Enfermero, pero nos angustiaba pavorosamente la idea de morir, y de morir por el antojo del Hermano.

...Pensaba yo en una aldea blanca de árboles verdes, tendida en un otero azul con su calvario, sus cipreses y un senderito de rondalla[18]. La vi, no sabía cuándo ni en qué comarca, pero yo había visto el deleitoso lugar una tarde, desde una diligencia; y antes que al cielo quería ir a esa aldea dormida entre el humo de la distancia y de mis memorias.

Hernández Aparicio celebró mi propósito. Y el Hermano Enfermero se nos precipitó, clamando:

— ¿Es que no se morirían ustedes ahora? Señor Hernández Aparicio: déjese de aldeas blancas. ¿Quiere usted morirse? ¡Pídalo con toda su alma!

El señor Hernández Aparicio respondió denodadamente que no quería morir, sino vivir y ver mucho.

Yo me quedé recordando las recias gafas de su padre.

Llegadas las vacaciones, nos despedimos del Enfermero como de un moribundo, en cuya mirada de vidrio bien leíamos que nos había abandonado a nuestra desgracia...

\* \* \*

— ...¡Ya no he visto más la aldea blanca de la colina azul y de los árboles tiernos!

Sonrió Aparicio entre el humo dormido de las horas devanadas para siempre, y dijo:

— Yo aprendí a amar el deseo por el deseo mismo, y amo el camino por el dolor y el júbilo de caminar, ofreciendo mi sed como la sed de David, pero «yo solo».

David se había recogido en la cueva de Odollam. Era el tiempo en que se cortan las cebadas. Entre el temblor de la llama del día se alzaban los muros de Bethlehem, la tierra suya, que entonces poseían los filisteos. Toda iba recordándola David: los huertos de las laderas; los

---

[18] Senderito de leyenda o de cuento infantil.

herbazales donde pasturaba su rebaño; su casa humilde; la plática de los viejos bethlemitas sentados en las puertas de la ciudad, y, en medio, el aljibe de las aguas más dulces de su vida... Ardía la mañana en torno de la cueva de Odollam. Y David recordó también la delicia de la sed saciada, y suspiró: «¡Quién me diera a beber agua de la cisterna que hay en Bethlehem, junto a la muralla!» Entonces los tres escogidos entre los treinta valientes rompieron por las escuadras enemigas, y sacaron del agua deseada y se la trajeron a David. Pero él no la probó, sino que hizo de ella libación al Señor, diciendo: «¡No beberé la sangre y el peligro de las vidas de los tres esforzados!»

¿No te parece que ahora se ha de suspirar por el agua de nuestra sed, y subirla nosotros mismos, y ofrecérnosla a nosotros y a nuestro ideal y a Dios, sin catarla?

—¿Pero no será eso que dices la doctrina de los que no han «llegado»?

—¿Y qué? —prorrumpió Aparicio—. Lo fundamental y gustoso es tenerla; que nos acompañe nuestra voz... Ya sé que no has llegado todavía. Este «todavía» ha de agradecerse más por lo que tiene de «hoy» que por el valor de la esperanza. En llegar, o en llegar pronto, se esconde el peligro del regreso, y es una carretera con hostales que hierven de bellaquerías de trajineros que ni van ni vienen. Yo vivo caminando; reclino mi cabeza en las piedras, y confío que alguna me depare, como a Jacob, el sueño de la escala de los Ángeles. Forastero en todo lugar, los sitios con sol pertenecen a los hombres sentados, a los hombres y a las moscas que zumban en los poyos calientes, y cuando alguien se levanta se aprieta más el corro o toma su hueco el lugareño sustituto. Se ha de caminar; lo malo del camino es la llanura, que todo parece principio de la misma jornada; la cuesta produce un esfuerzo y un cansancio gozoso, porque, aunque se suba, volvemos la mirada, y, como el comienzo quedó más hondo, recibimos una sensación de cumbre sin pasar de la misma vertiente...

Sacó una cajilla despellejada y vieja, y de ella unas gafas.

—¡Ya traes tú gafas también!

—Son las de mi padre.

Y tocándolas y mirándolas había en sus dedos y en sus ojos la emoción de la presencia del hombre descolorido y triste que caminaba tendiendo los brazos hacia atrás, para recoger las manos de los hijos...

—Son las de mi padre, y ahora mías. Aún soy joven y ya se acomodan a mi vista. Tú me decías: ¡los cristales de esas gafas pueden servirle a un buzo! Con ellos me he sumergido yo como un náufrago y siempre vi mi camino...

—¿Te acuerdas? —le dije—. «Señor Aparicio: ¿qué gafas podrían descubrir al demonio recostado en la hoja de una lechuga?»

—¡Al demonio no se le ve, ni hace falta, si de todas maneras ha de engullírselo uno al comer el más inocente alimento; pero, en cambio, con estas gafas he visto recientemente al Hermano Enfermero!

—¡Imposible! Hace veintiséis años que salimos del Colegio; hace veintiséis años que el Hermano Enfermero está en el cielo cantando el «O Salutaris».

—El Hermano Enfermero sigue en la tierra y en el mismo Colegio, y está gordo, muy gordo. Yo le pregunté: Hermano, ¿pues no quería y no quisiera usted morirse? Y el Hermano me dijo: «¿Yo? Yo sólo deseo lo que disponga Nuestro Señor...» Y con estas gafas nunca vio mi padre agotados sus deseos, ni yo los míos[19].

---

[19] Complétese con la lectura de los capítulos IV y V de *Niño y Grande*. También con el capítulo *El Señor Cuenca y su sucesor*, del *Libro de Sigüenza*.

# LA SENSACIÓN DE LA INOCENCIA

Cuando cumplí catorce años nos trasladamos a una vieja ciudad[20]. En seguida que llegué me buscó Ordóñez. Nos abrazamos, pero sin apretarnos mucho, por un afán de vernos.

— ¡Estás lo mismo!

— ¡Y tú también; como allí!

Y no lo sentíamos, y lo decíamos sin embuste, porque nos imaginábamos en el Colegio, vestidos de la blusa de escolar o de uniforme. Si resalía en nostotros un ademán, un acento de entonces, recogíamos ávidamente este rasgo de época:

— ¿Ves? ¡Lo mismo!

— ¡Como tú!

Y no nos persuadíamos. Este marginar la emoción de nuestro encuentro, desde el primer instante, sería lo que apagaba su júbilo. Fuimos dos críticos que se abrazan. Ordóñez aparentaba distraerse, y yo también. Mirábamos la calle ruda, toda de sol, empedrada de guijas de río, con tapias de cal, como un camino entre heredades... De súbito, Ordóñez me miraba para verme mejor en mi descuido, y como yo también quería valerme de lo mismo, nos sofocábamos de la coincidencia, y ese sorprenderse el ánimo sin pañales no abre la cordialidad. De modo que vacilábamos en fuerza de no decirnos nada, queriéndolo decir todo, y viéndonos y comprendiéndonos más allá de la confianza antigua. Aquí parece que se avengan, claro que un poco reducidas, aquellas palabras de madame Staël: «Verlo y comprenderlo todo es una gran razón de incertidumbre»[21].

La calle semejó latir como si fuese un sembrado que de

[20] Se refiere a Ciudad Real.
[21] Madame de Staël (Anne Louise Germaine Necker) (1766-1817), autora de *De l'influence des passions*, *Delphine*, *Corinne*, *De l'Allemagne*, etcétera.

pronto lo penetrara un aire de buena lluvia. Era un cántico de niñas encerradas. Dijo Ordóñez que había cerca un convento de madres Carmelitas y ensayaban unos Gozos las chicas pobres de la parroquia. Lo pronunciaba muy contento de salir objetivamente de la cortedad.

Se oía el órgano como una voz cansada de maestro que reprende durmiéndose en la lección. Y resaltaba la tarde de la ciudad vieja sobre este fondo infantil, dándose las claridades de la emoción a costa de las niñas encerradas en torno del arca de un armónium. Quizá fue éste uno de los más tempranos principios de doctrina estética que recibí.

Ordóñez me dejó, prometiendo venir otro día y llevarme a su casa. Su casa era una de las principales del lugar, y su madre, de las madres más jóvenes y hermosas que yo recordaba del Colegio.

—Demasiado joven y hermosa todavía para madre de tantos hijos —comentó un matrimonio estéril, amigo ya de nosotros de otros tiempos, y que estuvo a ofrecerse en nuestra nueva residencia.

Como yo le despidiera hasta el portal, volvióse la señora, diciéndome:

—Estás con el regaño de forastero; pero te irá agradando la nueva vida, y tendrás amigos. Ya conoces a Ordóñez: buen chico es, aunque su casa, su casa... ¡Todo aquí se sabe! No te digo más por tus pocos años...

Fue a besarme y no llegó; se puso muy colorada. Y cuando se iban oí que le susurraba al marido:

—En acercándose una a esos chicos se les ve demasiado grandes. ¿Dónde estará ya su inocencia?

Y no sé qué añadió del mundo y de las criaturas de ahora, que ya resultan de «entonces».

Fue la primera vez que me quedé pensando en mi inocencia como en algo que no se ve ni se siente hasta que constituye una realidad separada de nosotros. Ya es viejo que se sobresalte la pureza bajo la voz de una virtud austera.Parece que entonces rebulle y suena en nuestra alma el aleteo de una ave que dormía y se remonta en busca de otros horizontes[22].

* * *

—...Vino Ordóñez; le recibí tan encendido y confuso que él se sofocó. Volvíamos a coincidir y escudriñarnos afiladamente. Y ahora sentía yo la presencia de la señora, que quiso y no pudo besarme. Sorprendíme pensando en la madre de Ordóñez y en las palabras del matrimonio, y recordé que yo había ya perdido la inocencia; pero continuaba su sitio sin habitar. Sin inocencia, sin pecado y sabiéndolo. Era como la sensación de que el alma se me había quedado corta y arrugada para el cuerpo mozo que no acababa de crecer; lo mismo, lo mismo que algunos trajes de los chicos de catorce años, sino que ése nos cubre debajo de la carne y de la sangre, sin quitar la desnudez, que sólo vemos nosotros cuando podemos.

Faltándome documentos de malicia, no penetraba en lo que se murmuró de la madre de Ordóñez. Y dentro de mi oscuridad se encendía la vergüenza. Rechazaba instintivamente la murmuración, y en seguida la buscaba y revolvía voluntariamente. Me acordé que en el Colegio todos decíamos: «Ordóñez se parece mucho a su madre.» Y le miré, y se sonrojó.

—¡Lo mismo que entonces! —le dije.

Pero en aquel tiempo lloraba hasta de rabia de su tez, fácil al rubor de una doncella.

—Aún sigo sofocándome como mi madre.

—¿Como tu madre también?...

Y llegamos a su casa. Casa antigua y señorial, de sillares morenos y dinteles esculpidos. Todo estaba en una grata sombra de celosías verdes, que semejaban exprimir todo el fresco y olor del verano. Porque sentíase que fuera se espesaban los elementos crudos del verano como en corteza, y dentro sólo la deleitosa y apurada intimidad. En el vestíbulo, en las salas, en el comedor,

[22] Léase la segunda parte de *Niño y Grande*.

había muchos jarrones, cuencos, canastillas, juncieras desbordando de magnolias, gardenias, frutas y jazmines, y por las entornadas rejas interiores se ofrecía una rápida aparición de la tarde de jardín umbroso y familiar. Ya sé que muchas casas tienen en julio magnolias, jazmines, frutas, gardenias; pero es eso nada más: flores, flores porque se cogen y caen demasiadas en el huerto, y frutas: melocotones, ciruelas, peras, manzanas..., y, sin querer, sabemos en seguida la que morderíamos. Y allí, no; allí flores y frutas integrando una tónica de señorío y de belleza, una emoción de vida estival y de mujer. No «eran» melocotones, ciruelas, peras, manzanas..., clasificadamente, sino fruta por emoción de fruta, además de su evocación de deliciosos motivos barrocos, y «aquella» fruta, el tacto de su piel con sólo mirarla, y su color aristocrático de esmalte, y flores que sí que habían de ser precisamente magnolias, gardenias y jazmines por su blancura y por su fragancia, fragancia de una felicidad recordada, inconcreta, de la que casi semeja que participe el oído, porque la emoción de alguna música expande como un perfume íntimo de magnolias, de gardenias, de jazmines que no tienen una exactitud de perfume como el clavel.

Rodeado de este ambiente de sensualidad tan amplia y tan pura repitióse en mí la sensación de la inocencia, no separándose como una paloma asustada, sino volviendo a mí, pero no consustanciándoseme; ahora me ceñía como una túnica tejida del inmaculado blancor carnal y de la virtud de aquellas flores.

Hallábame también en ese estado de reiteración de «sí mismo», de creer que ya se ha vivido «ese» instante, y que todo en la casa de Ordóñez estaba y sucedía según una promesa infalible.

Fui pasando. En lo más hondo se me presentó el escritorio del padre: frialdad de legajos y de crematística, cráneos pálidos, tercos, con un pliegue de disciplina, de sacrificio; todo como asperjado frescamente de un coloquio de aguas y de risas de hijos.

Castaños de Indias, cedros; arrayanes y cipresal recortados; sol contenido por el terciopelo del follaje solemne y propicio para la blancura humana de los mármoles. Huerto sereno, íntimo, remoto de la calle que lo rodea; no huerto de enriquecido, que sólo está de añadidura en la casa porque sobró terreno, y sirve de tránsito y suple al muro de medianería. Las frondas se apartaban para la emoción del cielo, y pasó una cigüeña nadando en el azul, toda estilizada, tendida en torno del nidal de leña colgado de una torre de pizarra.

Vi a la madre de Ordóñez rodeada de sus hijos y con un niño chiquito en su regazo. Vestiduras como de flor de lino, carne de frutas húmedas, cabelleras de trenzas negras con vislumbres del verde tierno de los árboles.

Fray Luis de León compuso estos consejos para el atavío de las mujeres: «Tiendan las manos y reciban en ellas el agua sacada de la tinaja, que con el aguamanil su sirvienta les echare, y llévenla al rostro, y tomen parte della en la boca, y laven las encías, y tornen los dedos por los ojos y llévenlos por los oídos también, y hasta que todo el rostro quede limpio, no cesen; y, después, dejando el agua, límpiense con un paño áspero, y queden así más hermosas que el sol»[23].

Esto dice que obedecía «alguna señora de este reino».

A doña María Varela Osorio ofreció el dulce agustino las acendradas páginas de *La perfecta casada,* quizá dudando de que ella y otras muy honestas se satisficiesen con el paño áspero y el agua de la tinaja. Y sin duda él lo escribió y la noble dama lo leería, como muy conciliados con esta pragmática de tocador, sin creerla; como yo la recuerdo viendo entre el humo dormido a la madre de Ordóñez, que, cuidando exquisitamente de su cuerpo, emanaba una sencillez de naturaleza, y otras mujeres que ostentan todo el aparato de sus afeites parece que acaban de dejar el paño áspero y el agua recién traída por el azacán[24].

---

[23] De *La perfecta casada,* final del cap. XI.
[24] Véase también *Libro de Sigüenza,* cap. *La ciudad.*

...Removióse el hijo, y los dedos de la madre se desciñeron el corpiño y floreció la castidad de su pecho cincelado.

Nunca se olvida la perfección de un pecho que os hace niños siempre.

...Pude un día decírselo a la señora erizada de virtudes, que sobresaltó lo postrero de mi infancia, y murmuró:

—Sé que tenía pechos muy hermosos, y crió sus siete hijos; pero, mira, ¡murió de zaratanes la pobre!...

## MAURO Y NOSOTROS

Siempre nos parábamos en la «Herrería de la Cuesta», mirando la fragua y las barras de lumbre que llagaban la oscuridad.

Salía Alonso, el maestro, y descansaba su puño de callo y de roña en el hombro de Mauro. Mauro estaba roído de viruelas y su sonrisa gorda y mansa de chico apocado parecía refrescarle la calcinación de su piel.

Por todo el portal pasaba una greca de herraduras oxidadas, y en los sillares colgaban las argollas para atar las bestias.

Arrieros, oficiales y aprendices se quedaban mirándonos. Después volvían a tocar las vibrantes campanas de los yunques, y nos sentíamos rojos de hierros candentes que se quebraban con una sensación tierna de carne de sandía.

—¡Aquí fue! —decía Mauro. Y seguíamos subiendo la calle. Allí quiso traerle su tío el canónigo para que aprendiese oficio, porque Mauro no se acomodaba al estudio. Alonso y sus gentes lo sabían, y el puño del herrador buscaba el hombro de Mauro. Se le había escapado porque Mauro lloró mucho y se engulló vorazmente de memoria todos los libros que le daban. Enflaqueció tanto que las viruelas parecían grabadas a fuego por el puño de Alonso.

En lo último de la calle estaba la puerta de la muralla, sin puerta: sólo la bóveda. Llegaban y salían los ganados, las diligencias, las recuas, las yuntas; su estruendo se sentía desde las rinconadas más escondidas de la ciudad; su estruendo y el silencio que después volvía por la cuesta como un agua clara, el mismo viejo silencio que habían ido enrollando las patas de las bestias y las ruedas de los carros.

Todas las tardes rodeábamos las murallas rotas. Llanura con muchos caminos entre huertas, majuelos, pedregales, hazas encarnadas, horizontes azules claramente tallados. El cementerio, en lo más abierto del llano, y parecía que el mismo paisaje tan ancho le cavaba un sitio recogido. Era de una pobreza rural: yeso moreno, herbazales; bordes, cuencas de nichos, cipreses sedientos, tejas pardas; detrás, en el azul, un chopo muy alto y muy verde... Yo alabé el camposanto de mi pueblo. Lo supo Alonso y, delante de todos, me dijo que no había en España un cementerio de mejor tierra que el de ellos, que no era el suyo. Porque Alonso tenía en su aldea fosario de familia. Vino su padre a la ciudad y murió de fiebre solanera, y aquí lo enterraron de alquiler. Pasados algunos años quiso llevarse los restos al pueblo; hizo una arquilla, y se fue de madrugada a buscarlos. Abrieron la fosa y el ataúd: el padre estaba igual que cuando murió: sus ropas, nuevas; limpio el paño que le velaba el rostro afeitado, y en los carcañales[25] seguían agarrados los sinapismos que le pusieron para rebajarle la flama de la calentura. No cabía entero en la arquilla, y Alonso tuvo que destornillar el cadáver; los muslos y los brazos fue menester quebrárselos.

Ese día, pasando frente al cementerio, miramos mucho su tierra, de tanta virtud como el sicomoro de los féretros egipcios. Chafé un cardo, y creíamos que crujía el padre

---

[25] *Carcañal:* talón. Del latín *calcameum.* Calcañal. *Carcañal* es forma con metátesis en Quevedo y otros clásicos. En Cervantes, *carcañar* (J. Corominas).

de Alonso. Nombrábamos algunos difuntos de la ciudad, y les veíamos intactos, recién vestidos, y de súbito nos fijamos todos en las mejillas de Mauro; después de muerto las tendría lo mismo, y su hermana seguiría hermosa.

A veces dábamos tres vueltas en torno de las murallas como Chateaubriand[26] rodeó las de Jerusalén y Jonás las de Nínive.

...Mauro cogía un guijarro resplandeciente, y en seguida averiguaba su progenie geológica. Le dábamos una mata del camino y nos decía lo más oculto de su estirpe vegetal. Mauro lo sabía todo apretadamente. Si sonaba lejos una esquila y, a la vez, el tránsito de una carreta y el timón de un arado de una yunta que ya venía a la ciudad, nos paraba Mauro con esta enseñanza: «De esos tres ruidos oiréis más claro el que quisiereis; las orejas nos obedecen.» Nosotros lo probábamos. «Ahora, cerrad los ojos» —nos mandaba también, y los cerrábamos dócilmente, aunque nos riésemos—. «¿Qué veis?» Con los ojos cerrados no veíamos nada. Y porfiaba Mauro: «¿Qué veis? Veréis algo: gusarapos, puntos, redes en lo oscuro que no es oscuro del todo.» Sí que lo veíamos muy inquieto, avivándose, fermentando. «¿Lo veis? Pues de todo, elegid lo que se os antoje; recordadlo, y cuando se pierda, no tenéis más que querer que se presente, y decírselo a los ojos cerrados y volveréis a verlo.»

Mauro pensaba más cosas que todos. Quizá se contagiara de don Jesús, un amigo de su tío el canónigo, que también me sale entre el humo dormido. De todas maneras, ir con Mauro equivalía a traer al lado un curioso libro. Cuando queríamos, lo abríamos, y se acabó. Nosotros apeteceríamos saber, pero no más o menos que Mauro ni como él; nadie se preocupa de saber «como» una asignatura. Callado, terco, humilde, mientras nosotros hablábamos, brincábamos o callábamos

<hr>

[26] François René, vizconde de Chateaubriand, (1768-1848). Famoso escritor del Romanticismo francés.

7

también con otro silencio; porque Mauro no tenía un claro silencio interior sintiéndose bajo la amenaza del porvenir, ya que la del oficio estaba vencida. «Si yo faltase, te quedarías "de" señorito sin carrera, sin oficio ni beneficio.» Eran palabras de su tío. Repitiéndoselas Mauro, se le apretaban las mandíbulas y las sienes, como si se afirmase y se obstinase en sí mismo con un ímpetu y prisa que semejaban hundirle unas espuelas afiladas en lo más hondo de la sangre y de la voluntad.

...Aún no había yo perdido la calidad de forastero para pasar a la calidad de «nuevo». Al forastero se le agasaja gustosamente en todas las comarcas de España. De aquí procederá el elogio de hospitalarios que la crónica nos pone en el pecho como una gran cruz de Beneficencia. Y cuando se llega a «nuevo», asoma en los otros el ibero con todas las duras virtudes primitivas. No se había cumplido el tránsito terrible, y en mi agasajo fuimos a un cerro histórico. Hasta Mauro me acompañó. Nada nos cautiva tanto como un lugar que consagre una memoria, y nada nos importa menos que lo que allí está conmemorado. Ya no se pierde, porque allí hay un Mauro de piedra que nos lo guarda escrupulosamente. Todo lo sabremos cuando queramos.

Estábamos en aquellos días en que todos nuestros pueblos daban a una de sus calles el nombre del General Margallo[27]; en que la Partida de la Muerte se arrastraba por las barrancas de los contornos de Melilla cazando rifeños, y un soldado delirante de glorias cercenó las orejas de un moro. Al día siguiente lo fusilaron. Subíamos la senda del collado histórico refiriéndonos los lances de la ejecución. Éramos chicos y se nos confundían más que ahora los valores de la Justicia y de la «moral heroica». Siempre veíamos al ajusticiado mirando pasmadamente unas orejas lívidas, aborrecibles por razones patrióticas y mirándonos a todos como si nos preguntase:

---

[27] Juan García Margallo (1839-1893), nacido en Montánchez (Cáceres) y muerto en Melilla durante un combate.

«Pero ¿no era eso lo que había que hacer?» Uno de nosotros dijo: «¡La verdad es que el pobre moro...!» Y como seguían las orejas junto al cadáver, otro exclamó: «Bueno; pero si en vez de desorejar al pobre moro lo atraviesa a tiros...» Y todos dijimos: «¡Claro!» Y entre el humo dormido no es posible averiguar si ese «¡Claro!» equivalía a «¡Qué lástima que no se le ocurriera matar al pobre moro!» De modo que hasta un Mauro puede coincidir con la ética de un reo, que quizá pensara lo mismo cuando fuera al suplicio.

Así conversando, nos detuvimos en el cerrado portal del Santuario, que conmemora una jornada de nuestra historia de la Reconquista[28], y lo contemplamos con un poco de recelo, como si presintiésemos que un día habríamos de leer lo que Cicerón relata del impío Diágoras:

«—Tú que niegas que los dioses se cuiden de nosotros —le dice un amigo creyente—, mira en los muros de este templo la muchedumbre de tablas con las pinturas de los que se han salvado por su misericordia de la furia de las tempestades.» Y Diágoras le responde: «Aquí veo los exvotos de los que se han salvado; pero ¿dónde están las pinturas de los que han perecido?»[29].

Abrió el ermitaño. Se quedó crujiendo la puerta de leña, y resonaron mucho tiempo nuestras pisadas como dentro de un aljibe. Después se oía el silencio del recinto apoderándose, sellándose del silencio de fuera. De los muros de color de sayal pendían banderas y estandartes, verdes, blancos y de un grana viejo, ennegrecido; telas ajadas, caídas, inmóviles, con una sensación olorosa de frialdad. La talla del retablo se iba quedando ciega; una estría de un pilar, un nervio de acanto, el corazón de una panela, guardaban como una uva de oro, y este grano de lumbre imprimía entre la niebla una fugaz resurrección

---

[28] Santuario de Alarcos, sobre el cerro del Despeñadero, en Ciudad Real. Sobre este capítulo véase *Gabriel Miró en Ciudad Real,* de C. López Bustos, en «Lanza», Ciudad Real, 15 diciembre 1966.

[29] M. T. Cicerón, *De Natura Deorum, ad M. Brutum* (Liber primus).

de todos los motivos ornamentales, y en seguida se desmodelaban blandamente en la quietud del apagamiento. Entonces resaltaban dos floreros de vidrio con ramos de ropa y de papel de color entero y elemental.

Como no nos marchábamos, salió de una desolladura del muro una salamandra, que estuvo mirándonos con dos gotitas de luz negra, y sumergióse en el frescor del follaje de una ventana de establo.

Descansamos en una banca torcida que había recriado una piel de tiempo. El ambiente del santuario se familiarizaba con nosotros y proseguía sus coloquios menudos y sutiles: un diente de carcoma, una raedura arenisca, una abeja que entra sin fijarse, una lámpara que se ha movido un poco durmiendo... Y nos oíamos respirar. Los hombres colocan las cosas, y ellas, después, se van acomodando en la soledad, y viene el hombre y las interrumpe físicamente; se transmite a lo más íntimo la presencia inquieta y extraña; pero la soledad se resigna aún con nosotros, y sigue su circulación sensitiva, y esto era lo que escuchábamos: que aquello continuaba siéndolo según era sin nosotros y sin importarle la historia que nosotros sabíamos; es decir, que sabía Mauro. Abrimos la memoria de Mauro por las páginas de lo que aquello significaba, «aquello» que precisamente no equivalía a lo que pasó, sino a después que pasó

La voz de Mauro iba proyectando la memorable jornada que originó esta ermita: «Acometieron los árabes con increíble arrojo...» «Un obispo con la cota ceñida sobre sus hábitos...» «El estandarte verde de la media luna...» «La bandera blanca de Almanzor...» Veloces, indomables, resplandecientes, pasaban las escuadras, los pendones, los caudillos... Y en seguida resalía en nosotros la conciencia y el encanto de la quietud del recinto viejecito: las banderas, inmóviles; el sol, tendido en el ara desnuda; un vaho de sacristía húmeda... En la ventana se paró un pájaro creyendo que estaba la Historia sin nadie; pero nos vio y rasgóse el azul con el trémulo alboroto de la huida. El ermitaño se golpeaba las corvas con la llave y nos miraba cansadamente, como previniéndonos. «Todo eso que os cuenta ése, yo también lo sé, y cuando salgáis lo encerraré con mi llave vieja.» Lo encerraría para dejarlo fuera, porque estos santuarios memorables parece que nos infunden la intensa delicia de hacer sentir la distancia y casi el olvido de lo que significan.

Mauro recordaba hasta los nombres y apellidos de muchos héroes que dejaron linaje en la ciudad. Nos divirtió el de un caballero aceitunado, de calva baja, que nos ganaba al billar a todos juntos dándonos 45 a 100, y le aborrecíamos casi todas las tardes. El pendón amarillo era el suyo. Su primer dueño descalabraba infieles con una clava arrobal.

Se asomó la salamandra, espiándonos, y vino un cacareo tumultuario entre el sol de mediodía, y el ermitaño salióse brincando para recoger el huevo de una gallina moñuda que dio en el antojo de comerse la cáscara.

Merendamos en el fresco hortal, y a sus sombras pasáramos toda la tarde si Mauro nos dejara. Pero no lo consintió. Había de acudir al estudio. Su porvenir le acechaba desde los ojos de su tío el canónigo. Humilde y encogido, y estaba traspasado de una prisa ajena, inexorable y ávida, que lo había hecho suyo.

Y nosotros le pedimos:

— Mauro, ¡no estudies más! Hazte artesano o molinero de la aceña de tu tío. Te cuidaría tu hermana. Nosotros iríamos a veros.

Se puso muy triste. Después, yo no sé por qué, nos dijo:

— ¡Queréis más a mi hermana que a mí!

# LA HERMANA DE MAURO Y NOSOTROS

Todas las tardes íbamos en busca de Mauro, y al salir, le besaba la hermana. Nos esperábamos para ver el beso, de un estallido delicioso de frescura, en la piel reseca y fragosa de Mauro. Entonces algunos de sus amigos parecían humillados de sus mejillas perfectas de adolescentes.

Luz era mayor que su hermano. Lo sabíamos, y se lo preguntábamos muchas veces; necesitábamos, y nos contentaba oírselo a él, y casi no podíamos principiar el diálogo sin repetirnos la edad de su hermana.

—¿Cuántos años te lleva Luz?

—Tres y dos meses.

Rápidamente nos decíamos cada uno los años y los meses en que Luz nos aventajaba.

—A mí me lleva tres años y siete meses y medio.

—A mí, dos y cuatro meses.

—A mí, un año justo.

Y éste pronunciaba «un año justo» con un entono tan irresistible que aparentábamos no escucharle. Esa exactitud no tenía importancia doctrinal. Lo que nos conmovía era que Luz fuese mayor que nosotros. Semejaba que había nacido antes para esperarnos a todos.

—Es como una hermana nuestra: igual. No teníamos hermanas; por eso la queríamos tanto.

—¿Luz nos querrá así también?

Mauro respondía que sí, que lo mismo. Pero como ella tenía a Mauro, menor que ella y todo...

—De los hermanos que conocemos, vosotros, Luz y tú, sois los que más os queréis.

—Es que como son huérfanos...

—Y aunque no lo fuesen, ¿verdad?

—¿Cuánto tiempo hace que murieron vuestros padres?

—Mi madre, cinco años, y mi padre, tres.

También lo sabíamos, y el del «año justo» casi siempre se equivocaba, diciendo:

—La madre de Luz, tres, y el padre, cinco.

Todos le acechábamos para corregirle altivamente, y él se revolvió un día, gritándome:

—¡Si tú no les conociste!

Ellos, aviniéndose, repasaron la cronología de nuestra amistad. Eran los antiguos.

No toleraba Luz que saliese su hermano sin enmendarle el nudo de la corbata y repasar su peinado, domándole el cabello con Agua Florida, y acabando de plegarle el cuello de la americana, que en seguida se le torcía, porque Mauro era de una invencible pigricia para sí mismo. Muchas veces brincó Luz desde la cancela con un gracioso enojo para alcanzarnos y quitar de las ropas del hermano una hebra de su costura, una pelusa de los nidos del palomar. A todos debía vigilarnos cuidadamente, porque llegó a sorprender en el codo del camarada del «año justo» un hilo de hilván. Palidecimos mientras Luz tocó su brazo, diciéndole:

—No lo traías cuando viniste, y tampoco es de mi labor.

Y él sonrojóse mucho, porque se lo prendió a escondidas para que ella se lo quitase.

Mauro le contaba nuestros paseos, nuestras disputas, nuestras jácaras, nuestros propósitos. Bien sospechábamos que lo sabría todo Luz. Y después, oyendo sus risas, sus donaires y consejos, la veíamos tan hermana nuestra, que hubiésemos creído que lo era, si no hubiésemos deseado tan fuertemente que lo fuese.

—¿Es que quisierais, de verdad, tener una hermana?

Palpitábamos asustados de dicha. Nos parecía que en las manos delgadas y pálidas de Luz iba a florecer el lirio de una hermana, una para cada uno de nosotros, y dándonosla ella, sería ella misma, por otro prodigio eucarístico, y tan intensamente sentíamos la delicia de su belleza que hubiéramos preferido trocarnos cada uno en esa hermana de nosotros mismos.

Entre el humo dormido aparece Luz con una claridad lunar, y no puedo decir si era hermosa, porque entonces lo que sentíamos era la emoción de la hermosura en torno de ella. No podíamos afirmar la perfección de sus ojos, de su boca, de sus dientes, de su garganta, de sus hombros, de sus brazos, de su cintura, de sus rodillas, de sus pies, sino que esas partes habían de ser bellas porque le pertenecían; como su vestido y los pliegues, y el olor de sus vestidos por ser suyos. ¿No hay mujeres categóricamente hermosas por ser bellos sus ojos, sus labios, su tez, su nariz, su espalda, todo su cuerpo; pero que no son más que bellas en sí mismas, como si todas sus perfecciones pudieran desarticularse, quedando como joyas desprendidas y guardadas en su joyel? Sabemos que «allí» existe una belleza sin transfundirse a ningún concepto, sin asociarse a ninguna emoción de nosotros. Pero, además, Luz significaba la hermosura reflejada, exhalada; la hermosura, la venustidad de lo que no era ella, siendo hermoso o comprendiendo que lo fuese por ella.

El aparecérsenos ahora la hermana de Mauro con claridades de luna no debe ser una imagen literaria, sino casi una certidumbre óptica que se concilia con las sensaciones estéticas de antaño. Llamar a Luz «hermosa como la luna» no es un elogio oriental: es un valor ideológico y físico de su belleza. Como la de la luna está no sólo en ella, sino en las aguas, en los jardines, en las montañas, en los senderos, en las ruinas, en el silencio, en la mujer, en la soledad, en la carne, en la frente, en las vestiduras, en los mármoles, en todo lo que no es luna; así Luz, o la emoción de la belleza de Luz, estaba más en todo «por» ella que concreta y corporalmente en ella. Lo bello en un grabado, en un cántico, en un *Ángelus*, nos evocaba a Luz como si ya lo hubiésemos sentido a su lado; nos traía su presencia, y siempre, entonces, la nombraba alguno de nosotros, siquiera fuese para preguntarle a Mauro cuántos años le llevaba Lu

Luz no era una de las renovadas modalidades de la «cristalización» de Stendhal[30]. Luz sería la idea estética

---

[30] «Stendhal» (Henri Marie Bayle) (1783-1842). Novelista francés, autor, entre otras obras, de *Rojo y negro*. Aquí, cuando habla de «cristalización», se refiere a la teoría de Sthendal sobre el amor.

que al principio, y como la virtud, no se sienten en abstracciones, sino que han de referirse a una figura, han de humanarse, para después abrirse más allá de nosotros.

¿Y si Luz fuese de verdad nuestra hermana? Y apenas lo imaginábamos, precipitábase toda nuestra vida a quererla «como» hermana, prefiriendo ciegamente la realidad sentimental que la de la sangre.

Sin explicárnoslo, nos parecía ya que sentir o «apasionarse», sentir lo que no era, es superior a nosotros mismos y a lo que es y poseer una verdad del todo nuestra.

Muy en lo profundo sorprendimos que nos alumbraba la alegría de que Luz no fuese nuestra hermana para poder amarla como hermana.

¿Será esto sentir sólo a distancia, o recordar lo sentido acercándolo con una lente nueva? Nunca lo averiguaremos cabalmente, porque hay episodios y zonas de nuestra vida que no se ven del todo hasta que los revivimos y contemplamos por el recuerdo; el recuerdo les aplica la plenitud de la conciencia; como hay emociones que no lo son del todo hasta que no reciben la fuerza lírica de la palabra, su palabra plena y exacta. Una llanura de la que sólo se levantaba un árbol, no la sentí mía hasta que no me dije: «Tierra caliente y árbol fresco.» Cantaba un pájaro en una siesta lisa, inmóvil, y el cántico la penetró, la poseyó toda, cuando alguien dijo: «Claridad.» Y fue como si el ave se transformase en un cristal luminoso que revibraba hasta en la lejanía. Es que la palabra, esa palabra, como la música, resucita las realidades, las valora, exalta y acendra, subiendo a una pureza «precisamente inefable», lo que por no sentirse ni decirse en su matiz, en su exactitud, dormía dentro de las exactitudes polvorientas de las mismas miradas y del mismo vocablo y concepto de todos.

...Al recogernos de la vuelta por la muralla, siempre dejábamos a Mauro en su estudio. A su lado labraba Luz sus lienzos primorosos. Tenían una lámpara para los dos. Nosotros les mirábamos desde la reja. De tiempo en tiempo resplancedecía la faz de la hermana al volverse, sonriendo, para pedirnos que callásemos. La frente de Mauro permanecía fija, implacable y abierta, hojaldrándose sobre las páginas de la Lógica o de otro texto. A través de su piel semejaba subir y bajar la voluntad, una laringe de voluntad; acababa de engullirse otro pedazo de ciencia. Y nosotros le preguntábamos:

—Mauro, ¿cuándo nos iremos al molino harinero de tu tío?

Y él, ladeándose, nos sonreía brevemente, sin vernos.

Luz descansaba de su labor asomándose a la lectura del hermano; sus labios húmedos cogían algunas palabras de las páginas, como una cordera tira y toma de un seto una hierba amarga, y después las balbucía y cortaba graciosamente:

—Razón de plan... Divisiones de nuestra ciencia... Sistema ecléctico...

«Razón de plan» nos salía en el portal de todos esos libros. Y, asustados, lo pasábamos, sin entender la razón ni el plan. Nos parecía un dragón o un enano horrendo que guardaba toda la hacienda de la sabiduría académica. Pues las «Divisiones o clasificaciones» fermentaban de epígrafes, de «títulos en versales», que iban creciendo y desanillándose como un monstruo de cien cabezas cartilaginosas de vocablos... Y el «Sistema ecléctico» equivalía a lo fatal tipográfico. Cuando comenzaba el horco de teorías, ya nos conturbaba la promesa del sistema ecléctico. Era seguro que vendría, y que el autor había de ser inevitablemente ecléctico. Llegamos a temerle como a esas personas con quien siempre nos topamos en el mismo cantón y nos dicen siempre lo mismo.

Y Luz venció todas esas fantasmas epigráficas. Desde que las tuvo en su boca ya las vimos como dijes y brinquiños muy graciosos; y cuando las hallábamos en los textos, hinchándose frías y duras, les perdonábamos recordando su infantilidad entre la sonrisa de Luz; ella había mirado estas palabras, las había leído y, pronunciándolas, nos las entregó vencidas. Una doncella había quebrantado la cabeza de la serpiente.

* * *

...Si pasaba junto a nosotros una mujer hermosa, quedándose prendida en la plática mocil, habíamos de regresar a la pureza, recordando que Mauro tenía una hermana. Porque una hermana virgen infunde en el hermano un pudor que se proyecta hacia su virginidad. Hasta en nuestros pensamientos se posaba el índice de Luz, dejándoles un delicado silencio. Si Mauro hubiera tenido más hermanas, quizá el mandato de su pureza no nos sellara y lustrara tan eficazmente. Es que el grupo, hasta en los desnudos, ciñe la carne con un cendal invisible; pero una hermana sola delante de nuestra palabra se ve demasiado cerca. Todavía más se desnudará su presencia si fue el hermano quien motivó su aparición. Y si él, después, en un instante de simplicidad, o de ternura y aun de indiferencia, pronuncia «mi hermana», todos se sentirán obligados a ser o mostrarse puros.

Luz quedó proclamada por hermana de cada uno de nosotros, aunque nosotros, algunas veces, no nos sintiéramos hermanos.

Y una tarde, después que Luz y Mauro se besaron, él la miró mucho, y ella, encendida de rubores, apartóse de nosotros. Sofocada estaba tan hermosa, que hasta quisimos más a Mauro. Contemplamos el rodal de su mejilla donde Luz le dejó el beso, y creímos que nuestra piel se agrietaba de las mismas viruelas de Mauro para sentirnos besados por la hermana.

Ese día habló Mauro poco y encogidamente.

Le recordamos nuestro propósito de ir con Luz al molino harinero de su tío el canónigo. Seríamos toda una tarde molineros, y la hermana nos daría de merendar entre el júbilo de los palomos, de los ánades y gallinas, que se ceban de grano y de moyuelo de la casa. La presa, llena de cielo y de árboles reflejados; ruido de abundancia de las muelas; harina olorosa en nuestras manos y en la cabellera de Luz...

—¿Cuántos años dices que te lleva Luz?...

Entramos bajo los viejos soportales de la plaza Mayor. Y Mauro murmuró, sonriendo:

—¡Cándido, el de la Roda, sí que tiene un molino grande, de trigo y de oliva!... Venid, y se lo diremos a Luz.

—A Luz, ¿para qué?

—Pues qué, ¿no reparasteis cómo se sonrojó cuando salíamos? Fue porque pensaba que ya iba yo a deciros lo de Cándido,el de La Roda... Cándido, el de La Roda, vino hoy a pedirla. Se quieren de novios y se casarán.

Nos miramos todos, queriéndonos más que nunca, y seguimos caminando bajo los soportales de la plaza.

Y Mauro tuvo que marcharse solo a su estudio; se despidió muchas veces de nosotros. Y nosotros, paseando, paseando, recordábamos: Luz, la hermana... ¿Es que quisierais de verdad tener una hermana? La belleza de todo en ella... La emoción de las tardes... El beso de Mauro y de Luz... Nuestra molinera, y la merienda, con fragancia de harina de sus dedos.

Y de tiempo en tiempo alguien prorrumpía pasmadamente:

—¿Cándido, el de La Roda?... ¿Cándido, el de La Roda?...

Y se callaba, mirándonos.

Y le decía otro:

—Sí, ¡Cándido, el de La Roda!...

Toda nuestra ideología había roto su ánfora, vertiéndose germinadoramente sobre la faz de una vida nueva.

# DON JESÚS Y LA LÁMPARA DE LA REALIDAD

En atardeciendo, iba a la casa del canónigo un catedrático de Historia Natural; después, un presidente de Sala, y el último, siempre, don Jesús. ¿Por qué este hombre había de venir el postrero? El magistrado no se lo explicaba. Don Jesús era canoso, enjuto, pulcro, con un lunar tostadito en la sien izquierda. Colgaba de su brazo el abrigo y el paraguas. Atravesaba su vientre la cinta de luto de su relojito, de oro esmaltado, de señora, y en un ojal del chaleco se le estremecía un medallón con el retrato de una niña orlado de cabellos negros.

A poco de encenderse la lámpara del estudio de Mauro, comenzaba a lucir la del comedor. El presidente de Sala no consentía que se la proveyese de mucha torcida. Le horrorizaba el fuego de petróleo. Era pavorosa la crónica y estadística de las desgracias originadas por los quinqués. Y llegaba don Jesús y, sin dejar el paraguas y el sombrero, subía la luz hasta que el tubo diese una llama roja, lívida, humeante. Todos acudían a remediar la torpeza y audacia de este hombre, y quedábase el presidente templando la espita del quinqué.

Sentábase don Jesús, y, apenas prendido el diálogo, se alzaba, pasando y volviendo, y su sombra se quebraba atropelladamente por las paredes. No podía resistir el magistrado esta inquietud: le dañaba los ojos y hasta su palabra de tranquilas amplitudes forenses.

Nosotros íbamos de reja a reja para prevenir a Mauro y su hermana:

—Ya se está paseando don Jesús, y el magistrado le mira con rabia el lunar.

Luego nos volvíamos a espiarles, y en seguida traíamos al otro aposento la nueva:

—El magistrado acaba de decirle a don Jesús: «¡Siéntese usted!»

Le tronaba la voz como en la Audiencia cuando se lo ordenaba al reo después del interrogatorio. Don Jesús se olvidaba del mandato, y nosotros, muy contentos, tornábamos con el aviso:

—¡Ya se levanta otra vez!

El tío de Mauro fumaba despacito en su sillón cabecero de la mesa desnuda. Al hablar, elevaba su diestra hasta el hombro en una actitud conciliadora y prelaticia. Era parecer de todos que alcanzaría una mitra muy pronto, y el presidente besábale la mano, como si en ella resplandeciese el anillo pastoral. Confiaba que habían de reunirse en la misma ciudad de la sede de entrambos. Desarrollaba con elegancia esa persuasiva visión. El magistrado desarrollaba hasta las ideas más elementales. Muy diserto, nada para él tan hermoso como el párrafo envolviendo pomposamente la idea, lo mismo que una fruta contiene su semilla[31].

Don Jesús, una tarde, le dijo:

—Es que yo me como la carne de una manzana y tiro el corazón donde está la simiente. ¿Haré lo mismo con esas frutas de párrafo?

La sombra de don Jesús se precipitaba del zócalo al techo. El magistrado parpadeaba. No le entendía.

—¿Quiere usted sentarse y desarrollar su pensamiento?

Un hombre que no desarrolle cabalmente lo que piensa, yo afirmo que no piensa.

Don Jesús sabía que ese hombre era él, y no se sentaba.

Decía las cosas don Jesús desgranadamente, temblándole dentro de cada una la larva de otras.

—No existe ciudad tan muerta como ésta —afirmaba el magistrado. Y venía don Jesús, daba con mano temeraria toda la mecha al quinqué, refería episodios sin cuento, ofreciéndose palpitante la muerta ciudad. Los amigos le miraban y se miraban recelosamente, porque todo aquello semejaba suceder sólo para don Jesús. Y la

---

[31] Véase *Glosas de Sigüenza*, capítulo *Nombres y recuerdos (El párrafo, la palabra; Azorín).*

realidad —según el magistrado— era una para todos los hombres. Se lo contradijo don Jesús.

—¿En qué lengua hablaron Adán y Eva cuando no habían perdido la gracia?

El catedrático se regocijó. Aveníase más con el presidente que con don Jesús; pero agradábanle estas acometidas de don Jesús que tanto sobresaltaban y enfurecían al presidente, el cual repuso:

—Ni a usted ni a mí nos importa. La palabra es don divino, y nuestros primeros padres lo gozaron. Sabemos que hablaron y lo que hablaron, y lo que habló la serpiente. Y esto basta.

El canónigo lo aprobó subiendo y bajando blandamente su diestra. Exaltóse don Jesús.

—Pues parece que hablaron en éuskaro. Hace casi dos siglos se juntó el Cabildo de Pamplona, y, después de cavilar y deliberar mucho, acordóse que Adán y Eva se valieron del vascuence, es decir, lo fundaron. Y desde que los canónigos se alzaran de sus bancas hasta que mudasen de parecer, fue una realidad el éuskaro en el Paraíso. ¿Que no? Para usted, no; para ellos, sin duda. Mire: si un retrato de un difunto se cae sobre el retrato de una persona viva, me parece que el muerto le incorpora su desgracia. Llego a verlos como se lee de aquellos suplicios de los cristianos en que ataban al mártir con un cadáver. Yo me digo: esto es un desatino o un escrúpulo supersticioso, y no he de cuidarme de separar las fotografías; pero las aparto porque es una realidad en mi vida, en mi pensamiento, una realidad que no debo consentirme y que no vuelve a ser desatino y superstición en tanto que no la invalide quitando la fotografía de la persona viva del contacto de la fotografía del muerto.

Revolvíase el presidente, mostrando un altanero estupor. ¡Qué tenía que ver esa rareza con la realidad!

Y don Jesús porfió:

—Tampoco hace falta.

El catedrático miraba al canónigo. No les atendía el

111

canónigo, afanado en buscar entre su hábito, en su asiento, en el esterón, porque se le había perdido la tabaquera.

Y don Jesús dijo:

—Hoy he leído, en un trozo de revista francesa que me ha llegado enrollando una Botánica —no sabemos ni pizca de Botánica—, que en las islas Hawai un médico inoculó lepra a un asesino condenado a muerte.

Quiso el catedrático saber más de esa Botánica, y no pudo: el presidente rebramaba en nombre de la Justicia. Representábase simbólicamente el delito como un monstruo, una realidad suya que divertía mucho a don Jesús. El símbolo, para el magistrado, evitaba crueldades. En la idea alegórica han coincidido los torvos y los dulces.

El tierno San Paulino de Nola no resiste la versión literal de algunos pasajes de los Salmos, y cuando el salmista ruge: «¡Mísera hija de Babilonia, bienaventurado quien te retribuyere lo que tú nos dieras a nosotros! Bienaventurado el que aplastara tus hijos pequeños contra una piedra», San Paulino ve en estas criaturas los pecados, y en la piedra, a Jesucristo, y ya el terrible aplastamiento es un bien.

Con símbolo y todo, el magistrado no podía tolerar que un delito, un monstruo único, penase con dos expiaciones: lepra y horca. Le sosegó don Jesús advirtiéndole que el asesino murió nada más que una vez. El presidente pidióle que desarrollase este concepto.

—Al sentenciado se le dio a escoger entre la horca o el injerto de lepra, y aceptó lo último.

Esta conmutación la tuvo el presidente por una inmoralidad peligrosa, y volvióse hacia el canónigo, que seguía buscando su tabaquera.

Arrebatóse don Jesús.

—¿Podía realizarse la experiencia ahorcando al asesino?

Y paróse delante de las duras rodillas del magistrado,

añadiendo:

—Catorce meses después, el asesino estaba sano.

—¿Intenta usted referirnos un caso de impunidad ético-fisiológica?

—¡No es eso! A los cinco años, las llagas de la lepra tuberculosa invadían las carnes del inoculado.

—¡Es que es muy difícil burlar la Ley! —y resplandecían triunfales los anteojos del presidente.

—Ésta será la realidad suya; para el experimentador, consistiría en la «reacción» o inoculabilidad de la lepra, y para el paciente, la de que duraba más la lepra que la horca, y todavía surgió la cuarta, y fue la de averiguarse que en la familia del inoculado hubo algunos leprosos.

Abrió más la luz de la lámpara, y llegóse al canónigo, diciéndole:

—A usted se le ha perdido la tabaquera y no logra descubrirla, y usted padece un trastorno en toda su sangre. Yo lo sé. No le ofrecí mi tabaco porque eso no lo remediaba; usted no quiere la tabaquera: lo que usted quiere es encontrarla. Las cosas que se pierden nos envían desde su escondedero una irresistible mirada sin ojos...

El canónigo sonrió.

—Sonríe usted, pero sin ganas; muestra usted desdeñar lo que no soporta ni usted ni nadie. La Humanidad ha tenido que valerse de oraciones a los santos para salir de esta angustia. Yo fui a casas donde todos alborotaban y corrían removiendo alfombras, ropas, arcas, bibliotecas enteras, por hallar una cosa perdida que les tenía sin cuidado. Nos mina y nos socarra esta sensación, y de repente se hace una claridad en torno de nosotros y la cosa extraviada se nos aparece muy tranquila, esperándonos. ¿Quién la puso allí? ¿Cómo pudo salirse de nuestro dominio y llegó a poseernos? O no lo sabemos, o hubo un instante en que nos cegamos para ella y para que se diese esta realidad...

Removióse el canónigo, y se le desprendió de la manga la tabaquera, que resultó vacía.

Don Jesús, entusiasmado, dijo:

—Tan verdaderos y misteriosos son estos trances, que se debe tener por prudente al que para buscar sus anteojos comprueba antes que no los trae puestos.

El magistrado levantóse con un modillo de enojo y entornó la luz del quinqué.

Don Jesús proyectóle su voz:

—Nadie burle de estas realidades de nuestras sensaciones donde reside casi la toda la verdad de nuestra vida. Yo hasta me las atraigo aunque no me lo proponga. Un día dije una de esas frases hechas sin recordar que lo fuese. Era mi santo. Me conmuevo entonces más que de chico. La víspera me parece que el tiempo haya rodado sólo para traerme el día mío, y al deshojarse esa fiesta pienso en los días de mi santo en que yo esté muerto, y me invade una gran amargura: me la dan hasta los pobres dulces que quedaron en las bandejas. Los dulces me emocionan casi como las flores. Y un día de mi santo se paró en mi portal una mendiga viejecita y ciega, guiada por su nieto. Eran pobres forasteros; llevaba el chico gorra de hombre y blusa marinera de verano. Desde los balcones le dijimos que subiese. El rapaz se daba en el pecho preguntando pasmadamente si le llamábamos a él, y subió descolorido, asustado; tenía la boca morada, el frontal y los pómulos de calavera, pero calavera de viejo. Le rellenamos la blusa de pasteles, de confites, de mantecadas...

El magistrado se alborotó.

—¿Y socorrieron con gollerías a una criatura hambrienta?

—Sí, señor; lo que menos le gusta a un pobre es el pan duro. Pues el chico corrió en busca de la abuela, le tomó la mano, llevándosela al seno para que fuese palpando toda la limosna. Después nos miró y dio un grito áspero de vencejo; pero no nos dijo ni un «Dios se lo pague». Yo, entonces, me volví a los míos, afirmando: ¡La gratitud es muda!

El catedrático quiso celebrar estas palabras. Y don

Jesús le interrumpió:

—¿Saben por qué el niño mendigo no nos dijo nada? Pues porque el mudo era él. Cuando lo supe creí que lo había enmudecido yo con mi sentencia.

Y fue a la lámpara y le subió la luz.

Entonces sonó un crujido de elictra pavorosa y saltaron los vidrios del tubo del quinqué. Una luz de llama roja, suelta, rápida, alumbraba la consternación del presidente, del catedrático, del canónigo.

Y clamó el magistrado:

—¡Quiera Dios que escarmiente en la verdadera realidad! Aquí, como en todo, no había más que una: ¡que dándole torcida, estalla la lámpara!

Don Jesús alcanzó su sombrero y su paraguas y salióse diciendo:

—Es que yo subía la luz porque usted se la quitaba.


## DON JESÚS Y EL JUDÍO ERRANTE


Pasó un extranjero entre los porches de la plaza. Era tan seco y alto que se le veía más solo y semejaba asomarse sobre toda la ciudad, como una cigüeña entre vallados.

Lo dijimos en casa de Mauro, y una criada vieja nos avisó:

—Miren no sea el Judío Errante.

Confesó don Jesús que ya lo conocía. Juntos estuvieron en las Horas Canónicas, en el casino, en las afueras. El extranjero le había escogido entre todos los del pueblo para confiarse, pidiéndole una hospedería familiar. Y se la buscó en una casa pobre. Las gentes salían a las vidrieras y portales para verles. Don Jesús acabó por creerse otro caminante recién llegado de muy lejos, y estaba muy gozoso.

—¿Y qué intenta, qué quiere ese hombre?

No lo sabía don Jesús.

Pasmóse la tertulia. No saber los propósitos de ese hombre, singularmente siendo extranjero, un extranjero en aquella ciudad, era, según el magistrado, demasiada inocencia de don Jesús.

—¡Ese, sin duda, quiere algo!

Se le revolvió don Jesús. Lo que quiere un hombre es lo de menos para los otros hombres. ¿No se conocían en la ciudad los pensamientos de todos y nadie se cuidaba de ellos de puro sabidos? Lo que más nos apasiona es lo que se añade en torno de un hombre, porque eso ya nos pertenece, nos envuelve y hasta nos proyecta a nosotros mismos. Hay que forjar realidades que integren y roturen la nuestra.

—A mí —dijo, gritando don Jesús— no me importa quién es ni qué quiere ese hombre; eso ya es lo cerrado, lo concreto; a mí me interesa lo distante o lo confuso de cada corazón, empezando por el mío.

No atinábamos en todas las intenciones y palabras de don Jesús; pero sin él no había para nosotros diálogo de verdad en la curiosa tertulia, y no viéndole, nos apartábamos de la reja diciendo: «Todavía están solos el canónigo, el catedrático y el presidente.»

* * *

Las pisadas del extranjero se oían desde todos los aposentos, desde los jardines, desde los claustros. Sus pies abrían el silencio dejándole una jerarquía espiritual.

—Anda como el Judío Errante —se murmuraba ya en todos los corros y salas. El judío maldecido tenía que pasar por toda la tierra, y ahora le tocó venir a nuestro pueblo. Y no se iba. Nosotros siempre nos lo imaginábamos como un mendigo de barbas y greñas lisas y húmedas, mostrando el pecho huesudo entre un ropón de pobre, calzado con sandalias ferradas que devoran las leguas eternas. Se paró un día a nuestro lado. Nos miró. Nada había en sus ojos, y estaba todo en ellos, como en las órbitas de las estatuas. No le socorrimos, y él nos miró más y sonrió y siguió su camino sin camino, porque doblaba un cantón y de nuevo aparecía, volviendo, avanzando. Se perdió dentro de la noche, como si se hubiera derretido en foscura; pero le sentimos caminar mucho. «¿Dónde estará ahora?» Hay alguien caminando perpetuamente las soledades, porque un día de sequedad de todas nuestras entrañas no le consentimos arrimarse, gritándole, pero gritándole en voz baja: «¡Anda, anda, anda!» Si nos mirásemos entre el humo dormido, quizá nos sobrecogiéramos viendo en ese solitario una semejanza con nosotros, como si llevara nuestra sangre o nuestro pensamiento, un pensamiento que pudo ser nuestra carne nueva, y le dejamos perderse para siempre desnudo en un camino sin posada. Así llega a sentirse la compasión de nosotros, oyéndonos caminar en la distancia.

...Pero «aquel» judío errante que nos ha hecho incurrir en «literatura», según dicen los mismos literatos, no traía barbas semitas, ni sandalias, ni túnica, sino que iba afeitado y usaba gabán, sombrero gris de castor y un junco con puño de hueso.

De él conversábamos a la puerta de Mauro, cuando vino don Jesús y nos dijo:

—Os advierto que ese señor no es precisamente el Judío Errante, sino un inglés de una noble casa de Londres. Anda sus aventuras por ese mundo, renegando de la familia, sin amigos, sin dineros. ¡Da más lástima! Busca lecciones para ganarse el pan. Si le quisierais de maestro, le remediaríais mucho.

Pero el canónigo no se lo permitió a Mauro. Y como don Jesús porfiara,medió el magistrado, preguntándole:

—¿Acaso merece nuestra confianza un desconocido? ¿Es que se averiguaron ya sus intentos? Porque a un extranjero se le antoje entrarse en nuestra casa ¿hemos ya de acogerle y avenirnos como si fuese una vieja amistad?

El canónigo y el catedrático le miraban asintiendo; después volvieron sus ojos hacia don Jesús; finalmente, los entornaron. Varones de apacible prudencia y virtud que se vuelven y atienden a un lado y a otro; después se acomodan en sus butacas, y parece que interiormente se enregacen también en un asiento ancho y mullido, y cierran los ojos, y con ellos cierran la puerta de sí mismos, dejándose fuera al mundo de los demás.

Agravióse don Jesús, y salió y nos llevó a la posada del inglés, ofreciéndonos de discípulos.

Estaba el maestro en una alcoba morena, sin ventana, todo encogido dentro de una camastro pavoroso que semejaba enceparle entre sus palpos y rodajas de hierro. Comía sardinas de conserva, y, a veces, se le paraban sus quijadas enjutas, mirando con estupor de niño la losa de una cómoda donde ardía un cirio junto a la urna de una imagen de Nuestra Señora del Rosario. El fanal y la luz se arrugaba en un espejo ruin.

Y no dimos lección. El inglés alcanzó su pipa, que humeaba recostada en el costillaje de un cofre, y luego comenzó a reír muy silencioso. Don Jesús también fumaba y reía, y para que supiésemos la razón del contenido júbilo sacó un libro muy sobado de la faltriquera del gabán del extranjero y leyó con voz fingida: «Ciérrese la puerta de la venta; miren no se vaya nadie, que han muerto aquí a un hombre...»

Entonces la bulla del «judío errante» se hizo tan estrepitosa que el cepo oxidado de su cama se doblaba y gemía.

—¿Y no era verdad? ¿No había muerto? —decía el inglés, y tornaba a disparar la risa.

Nos contó don Jesús que, por las mañanas, salían a los campos, y al sol de los majuelos leían *Don Quijote*. Llegados al capítulo de la venta, que el Hidalgo imaginaba ser castillo, quedóse el inglés perplejo, con un mohín de sollozo de criatura; poco a poco se le fue inflamando la faz, y acabó en una risada tan recia que las grajas huyeron de la sementera.

En la calle prosiguió don Jesús sin cuidarse de nosotros:

—He aquí un hombre de vida rota y andariega, y da una impresión de humanidad virgen; todo en él es simple y claro, y éste es el misterio y la inquietud para nosotros: lo íntimo de la simplicidad. ¿Por qué se apenó pensando en Don Quijote, viéndole tendido en un jergón de hostal, aporreado por un arriero? Pues quizá por eso: por ser Don Quijote quien era. Después se regocija y se ríe siempre recordándolo, quizá porque se imagina a Don Quijote en sí mismo viéndose en las prisiones de la cama de su hospedaje.

Así se muestran los pródigos y ávidos de humanidad: se apiadan y lloran de la desventura en un concepto o ideal humano y se ríen buenamente de sí mismos, sintiéndose comprendidos y malogrados en ese concepto o cifra. Lo contrario, reírse de Don Quijote y gemir únicamente por sí mismo, lo hace cualquiera con exactitud humana... «Ciérrese la puerta de la venta; miren no se vaya nadie, que han muerto aquí a un hombre.» Lo lee, y se lo digo, y se ríe como un muchacho. Pero en tanto que el cuadrillero de la Santa Hermandad vieja de Toledo sale a encender el candil, el inglés piensa concretamente en el Hidalgo y en sí mismo, y palpa esa imagen y se palpa su vida, y, asustado, necesita preguntar:

—Pero ¿no era verdad? ¿No había muerto?

Yo no sé si puntualmente nos habló don Jesús de esa manera; pero la memoria de su figura me trae ese comento inicial del venerable libro. Nosotros, entonces, sólo nos dolíamos de que el extranjero no fuese de veras el Judío Errante, ese judío que las gentes aborrecen tanto porque le han ofendido mucho.

* * *

El canónigo, muy apiadado, le pidió a don Jesús nuevas de la lección de inglés. Es que sabía que nosotros ya no acudíamos a clase.

Don Jesús se entusiasmó contando del maestro.

—¿De modo que resulta un santo? —suspiró el canónigo, y cerró los ojos, dejándose fuera al santo.

—¡Un santo es lo de menos! Quiero decir que a un santo podré reverenciarle por su santidad, pero no me interesaría mucho como hombre...

—¿Prefiere usted los portentos, los monstruos de iniquidades?

—No, señor. Lo que pido es el hombre sin Ángel de la Guarda a la derecha ni Demonio a la izquierda. El hombre cara a cara de sí mismo; que le duela el pecado por haberse ofendido a sí mismo; que le resuene toda la naturaleza en su intimidad; atónito y complejo; más hombre que persona. Ya sé que el Señor tendrá una pobre idea de nosotros; pero hubo un tiempo en que le dimos una impresión de tanta humanidad que se humanó para salvarnos. Ahora me parece que somos menos humanamente la persona que nos corresponde ser, y más que nada somos: yo, el hacendado don Jesús; otro, presidente de Sala; otros, catedráticos, o militares, o mercaderes... Pues ese extranjero es principalmente humano y se conmueve y debe sentirse humano lo mismo que un pájaro se siente ave[32].

El canónigo y sus amigos permanecían inmóviles, con los párpados entornados.

Don Jesús subió su voz:

—Esos monstruos de maldad que antes mentaba el señor canónigo, cuando se quedan en hombres, parecen un hombre cualquiera. Les compadecemos, pero no nos importan humanamente. Yo vi un parricida. Había estrangulado a su madre con los dedos; sin soga ni faja ni nada: con los dedos. Lo acercaron al locutorio para que yo le viese. Llevaba ropas de luto, de lienzo nuevo, muy rígido; ropas vacías, sin un papel, sin una moneda, sin un recuerdo en los bolsillos; tela de luto recién cosida. Le miré las manos creyendo encontrar unas garras feroces, y sus manos, agrandadas y cortezosas por las faenas agrícolas, se juntaban con un reposo de domingo; eran como

---

[32] Completar con la lectura del cuento *El ángel*, de *El ángel, el molino, el caracol del faro*.

las de mi labrador de Almagro cuando viene a traerme la renta. Pasaba el sol poniente entre los hierros, y el matricida lo recibió en sus hombros y no se los miró, no sintiéndose amparado humanamente ni por el sol. Le pregunté por su madre, y se quedó repitiendo la pregunta, no recordando a su madre, como si se le hubiera muerto cuando era muy menudo. No se recordaba a sí mismo; carecía de raíces humanas propias...[33]

El magistrado despertó, aleteándole la toga en su alma.

—¡Todo lo recuerdo! ¿Quieren ustedes que yo hable?

—¡Hable usted, por Dios! —le imploró el canónigo.

—En la noche del veintidós de octubre de mil ochocientos...

No pudo hablar. Vino una mujer sobresaltada y llorosa buscando a don Jesús.

—¡Don Jesús, don Jesús; ese hombre, el Judío Errante, brama loco de calentura!

## EL ALMA DEL JUDÍO ERRANTE Y DON JESÚS

No estaba don Jesús, pero mirábamos entre las rejas del comedor porque el canónigo, el presidente y el catedrático siempre hablaban de don Jesús; era el amigo aturdido, exaltado, a quien debían de vigilar para su bien. Todo rumor de la calle les hacía atender y asomarse. Y no llegaba.

Dijo el presidente que todas las mañanas su primer pensamiento era para alabar a Dios y agradecerle que le hubiese hecho tan desemejante de don Jesús.

Los otros asintieron de manera que confesaban bendecir a Dios por haber recibido la misma gracia del presidente.

Y se aburrían con la máquina de sus virtudes inmóvil, ociosa sin don Jesús.

---

[33] Cfr. *El parricida*, en *Glosas de Sigüenza*.

Al séptimo día volvió el ausente. Enflaquecido, terroso, desalentado; pero llameaba en su mirada una acusación bravía contra sus amigos.

—¡El inglés se muere!

Subió lentamente las manos el canónigo y dijo:

—¡Sólo Dios lo sabe!

—Dios, siempre, y ahora, yo también. Se muere. Ustedes no descansaban preguntándose: «¿A qué habrá venido ese hombre?» Pues a eso: a morirse.

El presidente parpadeó mucho. Estuvo meditando, y después exclamó:

—Bueno, y ¿de qué se muere?

—¿Que de qué se muere? ¡Y a nosotros qué nos importa! Se muere. ¡Y lo terrible es que se muere aquí! Mientras nosotros fumábamos y nos calentábamos años y años al amor del brasero de esta casa, ¡ese hombre atravesaba delirante el mundo! En verano íbamos al molino del canónigo; con el agua de la presa nos humedecíamos los dedos y el lóbulo de las orejas para prevenir sofocaciones, y, pasada media hora, entonces bebíamos, y ese hombre caminaba y caminaba. Nosotros tan quietecitos y estábamos designados para contar la muerte de un hombre tan remoto de nuestra vida. Yo no lo entiendo.

Se paró escuchándonos. Es que recordábamos que la tierra del cementerio del pueblo conservaba intactos los cadáveres. El Judío Errante se quedaba aquí para siempre, tendido, y nunca se desharía...

Habló el canónigo con una dulce solemnidad:

—Nadie conoce los caminos del Señor. Este caminante del mundo y del pecado, ¿no habrá venido a nuestro pueblo para ser salvo? ¿Y no será usted, don Jesús, el escogido para salvarle?

—¡Yo!

—¡No, no alce y baje las espaldas, que ya no se quitará usted el peso de una responsabilidad tan sagrada.

Y todos le miraban como si le viesen la carga que el índice del canónigo seguía señalándole.

El rostro de don Jesús, siempre tan limpio, tan desenfadado y zumbón, cerróse en una exactitud oscura de lugareño asustado. Sentíase bajo una realidad concreta. Acababa de revelársela aquel dedo casi prelaticio, y se le imponía el magistrado como una sentencia suya, y el catedrático como una definición de su texto del Instituto. Claro que él no la sentía porque ellos se la dijesen, sino por decírselo a sí mismo, o porque se lo confirmaba lo que no era él, sino en donde uno se ve a sí mismo. Pero ellos le acechaban y le insistían con sus ojos tan convencidos, tan unánimes: «No tienes más remedio que salvar esa alma, de la que tú sólo dispones en el pueblo. Y has de salvarla como la salvaría cualquiera de nosotros; pero a nosotros, estando tú, no nos importa. No te atreverás a decir: Yo no la salvo; ¡que se pierda! Tú te reías de todo, hasta del Ángel de la Guarda a la derecha y del Demonio a la izquierda. Pues ahora te aplastamos con esa responsabilidad tuya, sólo tuya que nosotros te hemos descubierto.»

Don Jesús se repetía: salvar su alma, salvar su alma... Y se le perdía el valor apostólico de la frase, quedando en eso: en una frase muy oída. Estaba cogido atenazadamente por una frase. Pero se le iban doblando los hombros, y marchóse a salvar aquella alma.

*　*　*

Moría muy despacio el Judío Errante: moría de tifus.

Averiguada la enfermedad, quiso el magistrado saber cómo ese hombre enfermó precisamente de tifus. Más que morir el inglés, parecía interesarle que el inglés muriese de tifus.

Y se fue inventariando todo: la alimentación casi exclusiva de conservas, que enfrió y relajó el estómago del extranjero; la extravagancia de bañarse en las zubias, en el caz de los molinos, en todos los remansos y hasta en un manantial hondo, de aguas ácidas, que los pastores bebían con azúcar, como una limonada deliciosa. Viejas y mozas de la siega, de la vendimia, de la escarda, de la aceituna, todas conocían la rubia desnudez del extranjero. Surgía jovial y hermoso como un dios agreste, descuidado como un niño[34]. Ni piedras, ni mastines, ni guardas vencieron su afán de agua campesina. Tendíase a beber en las acequias, en las pilas, en los abrevaderos. Si acaso, pudo haberle gobernado el consejo de don Jesús. Pero don Jesús disculpaba aquella exaltación hidropática; fue su cómplice; llamaba sus baños lustraciones, y al bañista le decía: puro y austero como un esenio. Y acabó, según muchos testimonios, por salir al campo sin americana, y descalzarse en los aguazales soleados, y sumergir hasta la nuca en las hontanedas. Después comían, bebían y fumaban en ventas y figones.

Todo se comentaba en torno a la agonía del inglés. Porque el canónigo, el presidente y el catedrático trasladaron la mitad de la tertulia al aposento del agónico para presenciar la salvación de su ánima y dirigir a don Jesús, el operario de aquella viña del Señor.

Oyeron del relato, y ya bien desmenuzado, el presidente sentenció:

—Este pobre hombre tenía que morir del tifus.

En la postrada voz de don Jesús todavía asomaron las rebeldías de su lógica:

—El sábado murió de tifus la mujer del conserje de la Cámara de Agricultura, y anoche murió del mismo mal el hijo tullido de Santos, el de las pesas y medidas, y no comerían conservas, ni se bañarían, ni se echarían a beber en todas las fuentes y acequias.

El presidente lo miró con ojos de águila embalsamada:

—Lo irrebatible es que ese hombre hizo lo que hizo y que se está muriendo del tifus. Lo demás, como usted suele decir, lo demás no me importa.

Y aquella mirada de vidrio del magistrado la iba

[34] Véase *Del vivir...* cap. III.

recibiendo don Jesús de todos: del canónigo, del catedrático, de las comadres vecinas que acudían al olor del moribundo. Toda la misma mirada se le paraba en sus hombros y le indicaba al postrado, recordándole la salvación de la pobre alma. ¿Es que tras regodearse en sus destinos, y aun de participar de ellos y creerse otro vagabundo, en vez de quitarle sus quimeras, que serían muy buenas para andar por esos mundos, pero no para vivir en este pueblo, iba también a desentenderse de la responsabilidad que ahora pesaba sobre su vida?

Al enfermo le sobrevino una hemorragia, una nueva hemorragia grande y negra. Después abrió los párpados y quedóse mirando el fanal de Nuestra Señora, la pipa, un pote de tabaco de hebra que olía dulcemente a cofín de frutas, el tomo viejo del *Quijote*... Fue recogiendo los ojos, y miró a don Jesús, y semejó mirarse a sí mismo, y reconocerse, y recordarse. Se le movió la boca como una llaga vieja descortezada.

Todos comprendieron que había llegado la hora propicia de la gracia. Y don Jesús, con la misma llaneza que si le convidara a salir de camino y de lectura por los majuelos, le propuso que se confesara. El inglés ni se negó ni se avino. Miró más a don Jesús, ladeóse balbuciendo y acudió el canónigo para recibir su contrición. Entre palabras sumisas y rotas, entreveradas de castellano, se elevaba la voz pastoral del canónigo, guiando, fervorizando, penitenciando al convertido.

Las mujeres de la casa y de familias vecinas no pudieron contenerse, y comenzaron a engalanar el aposento para la ceremonia del viático; salían y volvían, preparando candeleros y velones, cegando el espejo con una gasa negra, pegando con pan mascado estampas devotas en las paredes. Acudimos ya todos; vibraba una campanilla. Pasó un farol enorme, gente apretada, resplandor de ornamentos, el acetre del hisopo, cirios, humo de aceite; los muchachos se aupaban por la cama para ver al moribundo; hubo un rumor agrio de ropas estrujadas, de huesos de hinojos contra los ladrillos. Un beneficiado derribó con la estola la pipa, el tabaco de hebra y el tomo del *Quijote*. Lo alzó don Jesús, y al moribundo se le movieron flojamente las quijadas, y gimió entre los rezos:

—¡Ciérguese la puegta de la venta; miguen no se vaya nadie, que han muegto aquí a un hombre!

Los chicos se echaron a reír, y el inglés les miraba; le dio hipo y congoja, y expiró.

\* \* \*

Hablóse mucho en la vieja ciudad del arrepentimiento y muerte del Judío Errante. Don Jesús salvó su alma y pagó el entierro y los funerales, y todas las gentes le daban el parabién. La tertulia del canónigo era ya de un goce apacible. Don Jesús callaba, reducido al reposo de los demás; las virtudes de los demás no se aburrían en la quietud de don Jesús, sino que estaban muy pomposas sirviendo de ayas al hombre nuevo, hasta que una tarde vino don Jesús muy temprano a la tertulia, y, trastornado, descolorido y súbito, gritó:

—Pero ¿en qué quedamos?

Y mostróles una carta que le envió la Alcaldía. Era de la madre del muerto. Don Jesús tradujo estas líneas:

«Quisiera noticias de su muerte y de su sepultura. ¿Se le ha enterrado en sitio de donde algún día pueda ser removido su cadáver? No conozco las costumbres de ese país, y tengo miedo de perder también sus restos... Como siempre fue un protestante fervoroso, a pesar de su vida, ¿se le ha enterrado donde se debía? ¿Se vio privado de los consuelos de su religión?»

El canónigo elevó su índice hacia las vigas y suspiró:

—Dígale a esa pobre madre que su hijo está ya en el cielo, y basta.

Y él, y el catedrático, y aun el presidente, cerraron los ojos, dejando fuera a la madre, la carta y don Jesús.

...Y entre el humo dormido sigue pasando don Jesús, con los hombros doblados, como si trajera un atadijo del

Judío Errante y le buscara el cielo que le corresponde.
Pero el Judío Errante quedóse tendido, muerto y sepultado, y don Jesús le ha sustituido, errando siempre por la misma ciudad.


## EL ORACIONERO Y SU PERRO


No recuerdo de otra masía que diese tan cabal idea de reposo como la de Francisco de Almudaina[35].

Casa torrada y grande, con su parral profundo, de viejos pilares como un claustro; tierras anchas y gruesas de pan, y en las lindes, los cerezos de bóvedas olorosas, que llevan la cereza de carne dura y fría; la cereza que ha de comerse mordiéndola como una poma; la cereza que entre los dientes de la mujer nos hace pensar en la inocencia de todo lo contrario. De estos árboles se enviaban ramos encendidos de fruto a don Emilio Castelar[36] y al arzobispo de Valencia.

No faltaba la encina, inmóvil y vetusta, junto a la masía. ¡Todo qué firme y sosegado! Hasta el orden para colgar los aperos de las pértigas hincadas en el muro, y para subir y doblar la soga del aljibe, y el frescor y la gracia de la cantarera, probaban la serenidad y quietud de costumbres de la familia labradora, dechado escrupuloso de amor a Dios, al prójimo y a sí mismo. Pasaba el rosario todas las noches; se añadían los Dolores los viernes; socorríase a los mendigos los sábados con regojos y rebanadas de la cochura del martes; había colada los lunes, y bailes y tonadillas los domingos. Un mastín era el feroz meseguero; otro guardaba los frutales, y un gato

[35] Pueblecito alicantino, lugar principal de *Las cerezas del cementerio.*

[36] Emilio Castelar Ripoll (Cádiz, 1832, San Pedro del Pinatar, Murcia, 1899). Político que llegó a ser presidente de la primera república española.

recorría primorosamente las trojes y bodegas.

Donde más se manifestaba el claro método de la casa era en la mesa. Si a la venturosa familia le hubiesen ofrecido todas las gollerías y delgadeces de sabor que pudiera concebir el más hábil repostero, de seguro que las rechazara, ni más ni menos que el señor don Fernando de Castilla y de Aragón cuando, pidiéndole que permitiese la entrada de la pimienta y canela de las Indias portuguesas, repuso con toda doctrina y majestad:

—Excusemos esto, que buena especia es el ajo.

Con el ajo y algunos piñones adobaba la madre sus guisos honrados y fuertes. La limpia paz de aquella tabla me adormecía, y dormitando esperaba yo algunos viernes al ciego de las oraciones. Le guiaba un perrico podenco muy donoso, que en seguida se acostaba entre las esparteñas de caminante de su amo. Los mastines de la heredad aparecían entonces más foscos y hasta más corpulentos, y el gato se iba asomando con refinada cautela y las verdes brasas de sus pupilas se aceraban de ruines designios. Es que las hijas del casal, tres doncellas que dejaban un aire y lumbre de campo con mucho sol, no hacían sino requebrar al perro del oracionero. Y los hijos, dos mozallones muy dados a la caza, celebraban siempre la fineza de su casta, su prontitud en el atisbo de todo movimiento y en recoger los apartados y sutiles rumores. Semejaba dormir, y temblaba y gañía con la pesadilla, y de súbito precipitábase en la llama del paisaje con las orejas juntas y altas y el hocico ávido, porque allá en lo recóndito de las soledades pasaba una graja, o un blando viento había meneado el bausán[37] de los moscateles maduros.

—¡El *Noble* ha de ser de nosotros! —decía Francisco de Almudaina.

Y al dueño se le paraban los ojos llagados y se le sonreía su boca blanda, respondiendo:

---

[37] *Bausán:* Castellano antiguo *bausana.* "Figura de hombre embutida de paja, heno u otra materia semejante, y vestida de armas.» (DRAE).

—Sí, señor; sí...

Y tocaba con el carcañal a su gomecillo, que le lamía y rosigaba[38] el talón, todo de callo.

¡Cómo habían de quitarle el perro estas ánimas tan honradas, que sólo por la mucha voluntad que le mostraban le acogían y le pagaban los rezos en todas las haciendas del contorno! Y rehundía la cuña recia de su pulgar en el vientre de la guitarra. Zumbaba un flojo bordoneo, y entre las quijadas roídas del mendigo iba barbotando la oración de los pardales de San Antonio.

Pues otro viernes le dijo el padre labrador:

—Mira, Andrés, que los chicos no me dejan, pidiendo tu *Noble*.

Se le quebró la copla de la Verónica al oracionero; sus órbitas heladas, que recibían impasibles el sol de los caminos, se le estremecieron muchas veces, y a poco murmuró:

—Sí, señor; sí... ¿Pero cómo me gobernaré si me quitan al *Noble?* Hay por esos campos balsas y caleras...

—Aquí no se piensa en quitarte al podenco, sino en mercártelo.

—Sí, señor; sí!

—¿Tú no enseñaste al *Noble* a lazarillo? Pues toma otro y tráelos juntos hasta que el nuevo aprenda el oficio; y si el *Noble* hace bondad en la casa, a buen seguro que se regodee de su sino. ¿No te contenta?

Y la voz del padre labrador se hinchaba de mandato.

Por eso Andrés buscó otro perro y lo trajo uncido al dogal del *Noble*. El nuevo era rojo, trasijado, sin cola ni orejas, siempre tembloroso de calambres y de sustos. Los hombres y los chicos le apedreaban: le apedreaban sin querer; era de esos perros sin raza, huido de todas las aldeas, que pasan corriendo torcidamente y de súbito se paran porque alguien viene, y vuelven a escapar, y entonces el que venía se dobla, alcanza un guijarro y se lo tira por ver si le acierta, y siempre atina, que el perro

---

[38] *Rosigaba*. Rosigar: roer. Latín *rosicare*. Se emplea en las regiones aragonesa y murciana. En lengua valenciana, *rosegar*.

rebota y plañe y se aparta cojeando... Cuando llegaba a los muladares, sus hermanos los perros nómadas le acometían aunque estuviesen hartos. Sólo un hombre le dio pan y le rascó la cerviz desollada: fue Andrés, que de paso lo ató. Todos los perros salían a ladrarle, escarneciéndole su cautiverio; algunos le mordieron en la matadura de la última cuerda. El cayado de Andrés quiso ampararle, y como era cayado de ciego hirió al protegido en la llaga vieja, y los otros brincaban rodeándole muy alegres.

* * *

...Quedóse el *Noble* en el casal. Zahareño y medroso estuvo al principio; después, el olor de la merienda le atrajo junto a las rodillas de las mozas. Ellas, riéndose, aparentaban no verle, y el podenco les puso las ruidosas fauces en el regazo con mucha sumisión. Apiadadas sus amigas, le dieron de su pan y companage; pero estas mercedes no bastaban para la voracidad del *Noble*, que, oliendo la abundancia de las alacenas, parecía sentir entonces todas las hambres de su antigua servidumbre. Las tres hermanas cocieron sopas con la suculencia de algunos quebrantos, y el *Noble* gozó la primera hartura de su vida, mientras los ojos del gato le aborrecieron desde la artesa, y en el sol de los corrales resonaban ferozmente las carlancas de los dos mastines.

Amaneciendo el domingo se fue el *Noble* con los mozos a la sierra. Retozó y ladró de júbilo, viéndose en la amplitud de los campos sin soga ni tirones de ciego y sin tener que seguir las mismas sendas de todos los días; y se hundió en las matas, y se revolcó en lo liso, y hasta se gallardeó en el borde de los barrancos, volviendo la cabeza para saber si le miraban.

Los amos arrojaban piedras, y él se las traía haciendo cabriolas. Pasados ya los primeros ímpetus de holgura, mostróse con aquella listeza que todos le adivinaran, porque de súbito se puso muy erguido, venteando anhelosamente lo remoto; encontró rastro y fue alejándose; se contenía para escuchar y oler, y perdióse dentro de la breña. Pasó tiempo. Los mozos le llamaron silbándole y gritándole, y miraban con ansiedad la ondulación de la montaña, que reposaba muy hermosa sobre el azul. Y por allí surgió el *Noble*. Venía lisiado y prendido de zarzales y jaras, y cuando estuvo cerca, vieron que le colgaba de la boca un gazapo palpitante, de ojos gordos y húmedos de miedo, arrancado del calor de la madriguera.

En la heredad se celebró mucho la aventura del *Noble*, y le agasajaron con pan untado de miel.

A la otra tarde salió el perro, subióse por los bancales de viña y desapareció en el pinar. Tornó de noche, sediento y cojo, y buscando a la mayor de las mozas, postróse a su vera, ofreciéndole un conejo recién parido. Y así sucedió otros días.

Todos estaban maravillados, y la hija grande esperaba al *Noble* en el portal con la dulce recompensa. Y es que precisamente la hija grande cuidaba del corral de los conejos, que no eran como los otros conejos de la tierra; los melindres de estos animalitos para comer y su elegancia para salir a solearse semejaban de humana criatura, pero de buena crianza. Todo se debía a la moza, que hasta reglamentaba severamente la fecundidad de las hembras, sin que estos íntimos menesteres sobresaltasen su virginal pureza.

...Vino el viernes y la hora del oracionero. La masía se llenó del alborozo del *Noble*. Saltaba a los hombros de su antiguo amo y le pasaba todo el latido de la lengua por las mejillas aborrascadas de barba, barba de pobre, y cuando Andrés comenzó los milagros de San Antonio, el perro juntóse con su sustituto, oliéndole y mordiéndole en bromas la raíz de sus orejas amputadas, y acabó por agobiarse bajo la sillica del ciego, y estuvo lamiéndole las esparteñas, y se durmió y pasó pesadilla como en sus tiempos de mendiguez.

Cantada la última oración, levantóse Andrés, y el *Noble* se desperezó y le siguió muy avenido con el desorejado.

Salieron las gentes de la heredad para saber en qué paraba tanta ternura.

El grupo de conseja se apartaba por el sendero y la calina del rastrojo. Quizá las mozas querían ya correr para traerse a su valido, cuando le vieron quedarse reacio, tender el hocico y bostezar; finalmente se detuvo, ladró como disculpándose y despidiéndose de su compaña, y volvióse muy contento a la masía.

Esa noche no trajo ninguna presa del monte. Y esto desagradó a la buena familia labradora no por la codicia de la caza, sino porque se quebrantaba una costumbre, y ya se ha dicho el sumo amor que allí se sentía por el método y la constancia en todas las cosas. Fue un fracaso que se emparejó con la malaventura, porque esa tarde averiguóse que faltaba un conejo del corral.

Lloró la moza grande; porfió en buscarlo a la madrugada, y descubrió el robo de otra cría. Y cada mañana nuevas ausencias. Había un ladrón. ¿Quién era? Todos se quedaron cavilando, y de repente todos los pensamientos y miradas se pusieron en el *Noble*. ¡El *Noble* era; el *Noble*, que habiendo agotado los vivares fáciles de la serranía, robaba el corral y devoraba el hurto escondidamente! Y aquí estaba la novedad abominable: en comer lo de casa, cuando el ruin respetó lo ajeno. Los antiguos servicios y bizarrías se trocaban en fundamento de delaciones y agravios. Y el odio de la familia labradora a lo nuevo halló símbolo y hechura en el *Noble*. Agarrado el símbolo por el pellejo, lo sacaron al patio, y, azotándole con un cabestro de nudos, iban mostrándole a los patricios animales, que presenciaron sentaditos y orondos como fetiches el castigo del facineroso. Y los hurtos siguieron, y aumentó la saña y la pena. Sólo la hija más chiquita supo perdonar al *Noble*, y por las tardes le daba recatadamente el pan y la miel.

Llegó otro viernes y el buen Francisco de Almudaina devolvió el perro ladrón al oracionero, contándole a gritos todo el oprobio.

—¡Aquı nunca lo traigas! Y has de enmendarlo para bien tuyo...

—Sí, señor; sí...

Y Andrés humilló la frente y llevóse al acusado.

...Pero a la hora del dulce mendrugo escapábase el *Noble;* estaba regostado al bienestar y anchura, y aguardábale la moza de la masía.

No acababa la perdición de los corrales; supo el campesino el merodeo, y una tarde apostóse en lo oscuro del hogar. Vino el *Noble,* paróse en el peldaño, y brilló una lumbre azul y retumbó un estampido de carabina vieja. Ladraron los mastines; acudieron todos. El *Noble* se revolcaba en las losas, y entre los colmillos le salía ensangrentado el delicioso pan.

\* \* \*

Descolgóse la guitarra el ciego y, en tanto que la templaba, dijo:

—¡Perdí al *Noble!...* No aparece por la aldea... ¡Hubiese yo visto para mirar los pozos! ¡Aunque ninguno hiede aún!

Francisco murmuró austeramente:

—Andrés: no hay que mentirte. Al *Noble* te lo matamos nosotros. Tomó mala querencia, bien lo sabes...

—Sí, señor; sí...

Salió toda agoniada[39] la hija grande. ¡Faltaba un macho ya criado! Y por las bardas le advirtió el pastor que aquella noche de luna vio bajar por el torrente una raposa como una persona...

Los ojos blancos del ciego se dilataron de horror.

—¡Vaya, Andrés —dijo el buen Francisco—, no te apesadumbres, que no era el *Noble,* y sería su sino morir!...

—Sí, señor; sí.

---

[39] *Agoniada:* angustiada. Cfr. «ellas se agoniaron aguardándole».

*Tablas del calendario
entre el humo dormido*

## SEMANA SANTA

### DOMINGO DE RAMOS

El Señor sale de Bethania, y sus vestiduras aletean gozosas en el fondo azul del collado. Es un vuelo de la brisa que estaba acostada sobre las anémonas húmedas y la grama rubia de la ladera, y se ha levantado de improviso, como una bandada de pájaros que huyen esparciéndose porque venía gente; pero reconocen la voz y la figura del amigo, y acuden, le rodean y le estremecen el manto y la túnica; le buscan los pies, se le suben a los cabellos; porque los pies y los cabellos y las ropas del Señor, y ahora ya la brisa, dejan fragancia del ungüento de nardo de la mujer que pecó.

La mañana de la aldea y del monte se rebulle muy mansa entre el abrigo del sol, y dentro del caliente halago aún queda un poco de la desnudez del último frío.

El Señor se para y calla aspirando, por recoger más la delicia del aliento del día. Está todo redundado del precioso aroma. Un aroma promete una imprecisa felicidad, alumbra una evocación de belleza, es un sentirse niño, acariciado como niño siendo poderoso. Pero en la prometida felicidad siempre pasa un presentimiento de pena.

...¡Jerusalén! Jerusalén graciosa y almenada; pechos blancos de cúpulas; jardines de las afueras con frutales floridos. Todo es bueno.

Jerusalén inmóvil y de oro. Y los discípulos del Señor la miran como una corona mesiánica que aguarda las sienes del Rábbi; ellos, ya se la habrían ceñido; y el Rábbi la contempla con dolorida inquietud.

La plata vieja del olivar vislumbra en la vertiente labrada. Tapias de yeso; cercas desnudas de bancales apeldañados. Sol en la peña. Y, en lo hondo, asomándose al torrente Cedrón, surge Bethfage moreno y apretado, entre cactus verdes y sepulcros de cal.

Llegan gentes con un ruido fresco de ramas cortadas, y trasciende la savia de la herida de los árboles.

Se dicen los prodigios del Señor; muestran a Lázaro, que también viene con la familia apostólica, y la boca seca del resucitado exprime una sonrisa de enfermo, y todo su cuerpo cruje entre los pliegues ásperos del sayal.

—¡Hosanna, hosanna al Hijo de David!

Y se remontan los gritos, y se hunden en la claridad de la mañana azul.

Ya los discípulos se sumergen en la evidencia de la exaltación gloriosa. ¿Cómo sentirán la evidencia del triunfo los que han de darla del todo a los otros corazones?

Una jumenta y su cría muerden el verde tierno de un vallado; la multitud las desata, y ellas se vuelven y miran dóciles y tristes. El Señor sonríe a todos, y tiende su manto sobre la piel gorda, trémula y caliente de la parida. Lo suben. Y principian a bajar la barranca.

Ahora está Jerusalén en lo alto; grande, fuerte y dura.

—¡Hosanna, hosanna! ¡Bendito el que viene en nombre del Señor!

Jadean los clamores en la cuesta.

Y el Señor, muy pálido, contempla la ciudad, se aflige y llora.

Así lloró, una tarde, mirando su Nazareth, y todo el monte resonaba de alaridos de injurias...

* * *

Entre las piedras viejas palpitan las palmas desnudas y graciosas; tienden sus cuellos buscándose, y se conmueve su hoja como un plumón finísimo bajo la caricia de un lazo blanco, azul, morado, grana... Se han criado penitentemente mucho tiempo, afiladas por un cilicio, ciegas, rígidas, y el sol y la noche envolvían a la palmera madre. Han recibido la luz y el oreo cuando no pertenecían al árbol, sino a la liturgia; pasan y desprenden una emoción infantil y frágil, y tiemblan de frío de bóveda de iglesia. Y siendo tan gentiles, tan delicadas, tan doncellas, se doblan para trocarse en cayado de un viejo que se cansa, de un general que se aburre en el presbiterio y no sabe cómo tener la palma, y el bastón, y la espada, y su jerarquía. Nada tan rebelde a las manos como una palma, que es toda gracia.

Tres diáconos van cantando la «Pasión» según San Mateo. Hace un tono sumiso y amargo el que representa a Jesús; el cronista o evangelista canta muy rápido; el otro ha de contener en su voz todos los acentos de la Sinagoga, de la tornadiza muchedumbre, y de cuando en cuando se atropellan, se equivocan.

En el confín remoto de nuestra vida se nos aparece intacta nuestra Jerusalén, y nuestras manos sienten la ternura olorosa de la primera palma, recta y fina, con su ramo de olivo; la que oímos crujir y desgarrarse contra los hierros de nuestro balcón una noche de lluvia, de vendaval, y miedo.

Es mediodía, y salen las palmas ajadas. De la última cuelga un lazo de luto; es de una niña delgadita, y tan pálida, que su carne parece de corazón de palmera, y en sus ojos duerme un pesar de mujer y una desesperanza divina entre el júbilo y el sol del Domingo de Ramos.

Sentimos en nuestro corazón y en nuestra frente la sequedad de la higuera que le negó su fruta al Señor en este día.

El Señor se vuelve a los suyos, que se pasman del súbito agotamiento del árbol maldecido, y les dice:

— Si hubiere fe en vosotros, si no dudareis, no sólo haréis lo que yo hice con la higuera, sino más aún, porque si dijereis a este monte: «¡Apártate y húndete en el mar!», será hecho.

Señor: ya no estás tú a nuestro lado. Tuvimos fe, y el monte nos circunda. Vino otra vez el Señor al Templo. Le rodeaban los que no le creían, y Él les refirió esta parábola:

— Un hombre tenía dos hijos, y llegando el primero le ordenó: «Hijo, ve hoy y trabaja en mi viña.» Y él repuso: «No quiero.» Mas después arrepintióse y fue. Y llegando al otro le dijo del mismo modo, y le contestó: «Iré, señor.» Mas no fue. ¿Cuál de entrambos hizo la voluntad del padre?

Las gentes le responden:

— Le amó y obedeció el primero.

Y Jesús entonces les dice:

— Pues como él serán los publicanos, los samaritanos, las rameras, los gentiles, que han de ir antes que vosotros al Reino de Dios.

Y oyéndole se revuelven y murmuran los sacerdotes, los fariseos, los saduceos, y odian más al Señor, porque, no amándole ni creyéndole, tampoco renuncian a la recompensa, aunque sea del aborrecido.

Señor: venga a nosotros la alegría, la largueza, la sencillez y el ímpetu infantil del samaritano; que nos sintamos, que nos encontremos a nosotros mismos hasta en la confusión del pecado.

Hoy, Lunes Santo, en la misa, el celebrante ha leído estas palabras del profeta de magnífica lengua.

— El que caminó en tinieblas, el que no tiene lumbre, espere en el nombre del Señor, apóyese sobre el hombro de su Dios.

Bien sabemos que han de venir desfallecimientos y postraciones; pero aparta de nosotros la maldición de la sequedad.

Se contrista el Señor pensando en su muerte, y exclama:

— Y si yo fuere alzado de la tierra, todo lo atraeré a mí mismo.

Entonces, los que le escuchaban se encogen de hombros y le dicen:

— Por los Libros Sagrados sabemos que el Cristo permanece para siempre; pues ¿cómo tú, que afirmas serlo, nos dices que serás alzado, que serás quitado de nosotros?

Y algunos comprenden que le habían estado atendiendo de buena fe, y darse cuenta de la buena fe es empezar a perderla.

Lunes Santo, bello hasta en su nombre. Llegan las horas de la aflicción del espíritu, que ha trastornado las entrañas de los siglos.

\* \* \*

De un momento a otro disputarán los hombres si ha de parar o no ha de parar, en estos días santos, el tránsito rodado por en medio de las ciudades. Son los encendidos confesores de la idea purísima religiosa y de la idea gallarda del progreso.

Hoy el Señor deja también el refugio del hogar de Lázaro para ir a los Pórticos del Templo.

La casa de Lázaro, lisa, encalada, resplandece al primer sol del día; detrás sigue el huerto de cercas blancas; salen los frutales juveniles y una vieja vid que ya retoña. Hay un almendro con el frescor de la pelusa verde, un verde recién cuajado que se transparenta todo y parece humedecido como después de una lluvia buena. Los manzanos, los ciruelos, los perales entreabren sus rosas de leche.

Sobre el azul resalta la aldea, que parece toda de vellones; el verde, de jugo; los árboles, como cristalizados en una salina. Y el Señor, que ya bajaba la gradilla del terrado, se descansa sobre el barandal de palmera, y sus ojos se sumergen en la derretida miel de la mañana.

La madre, y Marta y María, contemplan al Señor desde el cenáculo de la casa. Han llegado nuevas asechanzas. Jerusalén urde la perdición del Rábbi. Adictos poderosos, como Nicodemus y Josef, que pertenecen al Sanhedrín, le avisan que se aparte de la ciudad que mata a los profetas. Pero los discípulos le aguardan; traen sus cayadas y se han ceñido ya el manto para caminar más ahína.

Las hermanas de Lázaro le piden al Señor que no se desampare ; desde el sosiego de Bethania puede ofrecer la luz de su palabra. La madre le mira escondiendo su congoja. He aquí la sierva del Señor. Y los discípulos le esperan afanosos. ¿Retardará el Maestro sus promesas? Se abrasan en la sed de su salvación, y las almas puras y exactas no buscan ni ven en toda su vida y en la vida de todos los hombres sino la salvación propia.

Y el Señor deja el hogar de Lázaro. Los discípulos le rodean, y avanzan exaltados y fuertes. Hoy arribarán caravanas pascuales de Alejandría, de la Perea, de la Dekápolis, y han de acudir más gentes al Santuario por escuchar al Rábbi, el Rábbi que sólo es de ellos, y la llama de júbilo que arde en sus ojos no les deja ver la tristeza de la mirada del Señor ni el recelo que encoge a Judas. Judas siempre camina apartado, y sus sandalias rotas chafan los lirios más azules, las asfodelas más encendidas que renacen en la miga del monte.

.................................................................

Hoy el Señor olvida todos sus cansancios y desconfianzas viendo a un escriba muy cerca del Reino prometido; porque este hombre ha confesado que sobre todos los deberes ha de culminar el del amor a Dios y al prójimo.

El escriba dijo que amar al prójimo como a sí mismo era más que todos los holocaustos y ofrendas, y el más grande mandamiento de la Ley.

Tan cerca se puso del Reino de Dios, que ni los evangelistas pudieron anotar su nombre.

\* \* \*

...Esas calles viejecitas que se trenzan y retuercen en torno de la Catedral o de la Colegiata siempre reposan en una umbría de pasadizos abovedados; pero, estos días, es de más suavidad la penumbra de sus losas, y se percibe un regalado olor de pasta hojaldrada, de azúcar quemado, de arropes, de manjar de leche; un olor de fiesta de santo de una familia muy cristiana. Si se abre un balcón o alguna cancela, sale un aliento de claustro, y ya los claustros y los jardines respiran un aroma de acacias y de naranjos, que son carne de flor. La misa de hoy es lenta. Las mujeres sienten en sí mismas la gracia de la primavera y de la mantilla, y entre sus dedos enguantados resplandece el abierto canto de oro de la Semana Santa, «por don José María Quadrado»; la última edición, según las nuevas Rúbricas, y ya está perfumada, como el rosario, los guantes, el pañolito y todas sus ropas, el mismo perfume de sus ricos armarios que, al abrirlos, parecen frutales en estos días del mes de Nisán.

*...Passio Domini nostri Jesu Christi secundum Marcum...* Y han ido leyéndola las novias con un rumor de abeja del panal de su cuerpo, sintiéndose hermosas y tristes de compasión por Nuestro Señor Jesucristo... Y los inflamados devotos se crispan de rabia contra los judíos...¡Amar al prójimo como a sí mismo!... Y piensan en los judíos, van recordando al prójimo, y se dicen que si ellos hubiesen sido o si ellos fuesen, nada más un instante, Nuestro Señor Jesucristo...

## MIÉRCOLES SANTO

«¿Quién es éste que trae sus vestiduras bermejas, como untadas de vendimia?... El lagar pisé yo sólo; no hay hombre alguno conmigo; yo lo rehollé, y su sangre salpicó mis ropas.»

Así entra el Señor en los atrios que retumban del trastorno de las ferias y de los romeros de la Pascua. Todos los caminos de Jerusalén vienen henchidos y tronadores de caravanas blancas, fastuosas, joyantes, como navíos gloriosos; caravanas foscas, de dromedarios flacos y peludos, de gentes mugrientas.

Jerusalén es oleaje y hoguera de sayales, de pieles, de gritos. Frutas en cuévanos, frutas en támaras, que evocan todo el árbol; cestos de peces, manojos de aves, urnas de bálsamos y resinas, ánforas de vinos, de aceites y mieles; temblor de blancura de recentales... Aromas, estiércol, razas y sol. Entre las almenas y torres pasan y vuelven las palomas, dejando una sensación de pureza y frescura en el azul seco, calcinado, de cielo de ciudad en colmo, sudada, clamorosa...

Víspera de la preparación de los Ázimos.

El Señor y los discípulos hienden las multitudes. Pies, ancas, puños, gañiles de plebe apretada. Se atropellan, se rasgan, se llaman. Y la voz del Rábbi se disipa en el estruendo de los pórticos. No la recuerdan, ni atienden. Se han hundido en un pasado de dos días los hosannas de los hijos de los hebreos. La mirada de los discípulos tiene un aturdimiento infantil y amargo, viéndose desconocidos en el mismo lugar de su triunfo. De nuevo fermenta bajo las bóvedas santas la costra de los mercaderes. La mano del Señor los arrancó de la Casa de su Padre, y han vuelto las moscardas a su querencia. Cerca del Gazofilacio rebullen los levitas; se agrupan los fariseos rodeados de devotos. Y avanza el Rábbi, que «camina entre la muchedumbre, mostrando su enojo y su fortaleza», según la palabra de Isaías.

Ellos sonríen, viéndole solo y olvidado entre la confusión. Y la voz del Señor se levanta revibrando como una espada y acomete a los «guías ciegos», a «los que limpian el vaso por fuera, sin reparar en la inmundicia de lo hondo», «sierpes y raza de víboras en quien caerá toda la sangre inocente vertida sobre la haz de la tierra, desde la sangre de Abel hasta la de Zacarías, que fue herido delante del altar...»

Pero más que su grito se oye el torrente de riquezas y dones que baja por los doce caños a las arcas del tesoro sagrado. Los mismos discípulos se distraen mirando el resplandor de las ofrendas de los poderosos. Y el Señor les busca y los recoge, y conmovido les muestra a la viuda pobre, que recatadamente deposita dos monedas, las cuales apenas alcanzan el valor de un cuadrante.

Todavía vuelven sus ojos los discípulos para ver la abundancia, y exclama el Señor:

— Mirad que esta mujer da más que los ricos; porque los ricos dieron de lo que les sobraba, y ella ofrece todo su sustento.

. . . . . . . . . . . . . . . . . . . . . . . . . . . . . . . . . . . . . . . . . . . . . . . . . . . . . . . . . . .

...Aún no viene el hijo, no viene el Señor, y la aldea y los senderos van llenándose de luna. La quietud es tan tierna, que la estremecen las más frágiles elictras y los ladridos de perros y chacales que están en lo hondo de muchas leguas. Bethania y el monte parecen contener su aliento, como el que aguarda contiene su pecho para oír y acercarse lo remoto. Y la madre del Señor y las hermanas de Lázaro pasan solas, calladas y leves; salen a la ladera, y sus mantos mueven la lumbre dormida y deshilada de la luna... Les sobrecoge el desamparo de la sierra en la noche tan grande, tan clara. Un chasquido del breñal hollado, una guija que ruede sobresalta el silencio, apresura el aleteo de los corazones. Y al trasponer la cumbre se aprietan como corderos y gimen de felicidad ¡Allí está el hijo, allí está el Señor! Se ve el contorno de todos sobre el horizonte del Santuario y de la ciudad temida.

Las mujeres se esperan, se recogen para escuchar. ¿De quién hablará el Señor? Porque acaso las recuerde a ellas; pronunciará sus nombres entre la dulzura de la noche en que ellas se agoniaron aguardándole.

El Señor decía:

—¡Me mostráis esos muros por hermosos y fuertes! ¡Y yo os digo que no quedará piedra sobre piedra!

* * *

*...Zelus domus tuae comedit me...*

Y va resonando la primera antífona del Oficio de Tinieblas. Una lámpara olvidada crepita de sed, y el júbilo del sol, un sol rural, gotea una lápida y sube por la percalina morada de los retablos ciegos. Humildes, inmóviles en el trozo de tarde, lucen los quince cirios del tenebrario. Quejumbran los canceles y pasa un bullicio de rapaces; porque no hay escuela, y vienen a la parroquia y ayudan a limpiar candeleros y la urna, que tiene dos ángeles de rodillas y un sol con dos rayos rotos.

En las bancas duermen mendigos y abuelas, mientras dos artesanos conversan familiarmente, y clavan el monumento viejecito de todos los años.

Acuden ya damas piadosas con sus hijas para oír el *Miserere.* Cruza un beneficiado que sale del coro, y ellas le incorporan los sufrimientos de Nuestro Señor, y piensan en la fatiga litúrgica de estos días.

Nada más quedan encendidas en el triángulo dos candelas verdes. Están más foscos los altares. Se difunde un rumor y aroma de piedad y de tiendas, porque muchas familias vienen directamente de la calle Mayor. Pronto se cerrarán los comercios, como se han cerrado los teatros hasta el cántico de Aleluya. No hay otra orquesta que la del *Miserere,* y un barítono descreído, que pertenece a la suprema elegancia de la ciudad, tiene un «solo» en el «Quoniam iniquitatem...» Suspiran los violines y las penitentes, y se ha escondido la estrellita de luz de la vela blanca, y los muchachos se aperciben muy contentos para el estrépito de las tinieblas.

...Al salir del Oficio nos acoge el cielo claro y fragante de la luna de Nisán. Y toda la magna noche es un íntimo convite de delicias para los que sólo poseen la destilación de su voluntad y de su vida, el alimento de su espíritu, que en moneda apenas alcanza el valor de un cuadrante, como la ofrenda de la viuda pobre.


## JUEVES SANTO

Tocan las campanas delirantemente. Las torres semejan molinos con las velas hinchadas y joviales.

Van pasando unas nubes muy raudas y bajas, de blancura de harina y espumas, frescas, pomposas; y la ciudad, los huertos, los sembrados, los rediles y alcores se apagan, se enfrían a trozos, y en seguida vuelven a la claridad caliente y cincelada.

...Ornamentos de tisú blanco y de oro; nieblas retorcidas de incienso, cánticos y clamores triunfales de órgano, júbilo magnífico del «Gloria in excelsis...» Y de pronto se duermen las campanas, y en el día extático, ya todo azul, comienza un coloquio de gorriones, de niños y jardines.

Un águila que pasaba se ha quedado mirando la quietud del valle; después ha seguido volando, todo el cielo callado para sus alas rubias.

Y un abuelo nuestro entra despacito en su casona. Le reciben las hijas, que todavía traen las joyas y galas rancias de los Oficios, porque, acabada la comida, han de salir con el hidalgo a visitar los monumentos. Le toman el eucologio grande de piel, el eminente sombrero de castor, la caña de Indias... ¿Qué tiene el padre? Le ven en la frente un hondo pliegue de cavilación, y su faz gruesa, rasurada y pálida, denota un agravio grandísimo. ¿Qué le pasa al padre? El caballero se derrumba en una butaca que parece vestida de sobrepellices recién planchadas. No puede contenerse, y exclama:

— ¡Ya no queda crianza ni piedad en el mundo! ¡Hoy, Jueves Santo, y un labrador fumaba y se reía con otro en medio de la calle! Yo lo he visto: en la calle de San Bartolomé... ¿No pensáis en lo que se apenaría vuestra madre, si viviese?

Las hijas piensan en la madre, que estaba hoy tan hermosa, con el traje negro brochado y las alhajas arcaicas que ahora llevan las tres huérfanas en sus senos de virgen y en sus pulsos y dedos de cera.

......................................................................

...Nuestras pisadas parece que resuenan en las losas venerables de Jerusalén.

El obispo y su cortejo salen del Lavatorio. Rebullen felpas, sedas, blondas; se estremecen muchos párpados, esperando la gracia de la bendición, y el sol se quiebra en la amatista del prelado.

Retumban los zapatones militares; viene un macizo de charol de ros, de paño recio, de piel campesina, de manos gordas, que revientan por el algodón del guante y se mueven exactas en péndulo de ordenanza.

Plañen los mendigos. Cruzan dos frailes. Surge un vuelo de tocas de las hermanas de la Caridad, y desfilan los niños del Hospicio, que se vuelven mirando las confiterías, y una monja descolorida y enjuta les recuerda que el Señor padeció y murió por todos nosotros. Un ciego canta la oración de las divinas llagas. Un coche hiende el recogimiento como si lo rajase con una proa de herrumbre y de escándalo. Detrás de una vidriera se esfuman las mejillas de un enfermo. Gentes mudadas platican en sus portales. Pasan eclesiásticos, familias, novios, amigos, viejos..., mozas y anacalos que vuelven del horno, dejando un olor de pastas tibias. Cuelgan banderas a media asta, menos la bandera del Círculo Republicano, en cuyo dintel hay un cartelito con letra del conserje, que anuncia un «Banquete de promiscuación para los señores socios», y una viejecita, que pasaba rezando, se aparta, se atropella, asustada, porque de un momento a otro puede caer el rayo de la ira de Dios. Y va rodando, rodando, la carraca de la Catedral...

...........................................................................

Las iglesias se quedan solitarias. En los monumentos hay algunos cirios apagados, porque se retorcían devorándose a sí mismos. Se aprieta el olor de cera derretida, de flores cansadas; se deshoja una rosa carnal y zumba un insectillo. La urna del Sagrario exhala una pompa hermética de ara, de trono y de féretro. Un congregante abre la puertecita del claustro, y entra un deleitoso oreo y palpitan las luces, despertándose.

Los claustros, los jardines, aroman bajo la luna llena, la luna de Gethsemaní.

...El Señor se angustia, acude a los discípulos, que ya se rinden con el sabor del vino de uva roja y de las hierbas amargas de la Pascua. Se aparta de ellos, se postra implorando, desfallece y está solo y triste hasta la muerte. Los mártires cristianos tendrán a Jesús para ofrecerle cada una de las convulsiones de su tormento, y su quejido les abrirá las puertas azules de las dulzuras eternas. El Señor vacila y le pide gimiendo al Padre que traspase de su boca el cáliz amargo, y la voz y los sollozos divinos se pierden en la soledad, porque, ¡a quién pasaría su cáliz, si hasta los discípulos duermen al amor de las oliveras húmedas de luna!

El Señor ha de aceptar su muerte. Y aparece en la granja el hijo de perdición.

Fue entonces la hora propicia; porque en estos tiempos, Señor, no te clavarían; ahora te dejarían morir solo, y quizá ya te negaras a resucitar...

## VIERNES SANTO

En una peña podrida de las afueras has agonizado, Señor. Desde la cruz oías y veías el júbilo de los caminos y de la ciudad. Dentro de la ciudad, en el frescor de las fuentes, de los aljibes, de los toldos y bóvedas, en los cenáculos y portales, la multitud se sentía buena, exaltada de amor a la tierra que tú, Señor, le prometiste. La tierra retoñaba en los días tibios y claros de Nisán.

...Polvo y estiércol de ganados; camellos inmóviles mirando el fuego donde cuecen el pan de la Pascua las mujeres de los aduares; gusanera de hijos entre pienso, cántaras y andrajos; vírgenes descalzas, de cabelleras que relucen de aceites, y encima, un ánfora recta y roja sobre el azul; viejos de sudario pringoso, de barbas de crin, que hunden sus ojos amargos en los mercaderes sirios, fellats con callos de bestias, gentiles y rameras que muerden naranjas. No caben en la ciudad, y se amontonan en los eriales, y, de rato en rato, se vuelven hacia el cerro de la ejecución. Algunos suben; miran los contornos de Jerusalén; pasean conversando bajo las cruces; reparan en una llaga, en una mueca, en una deformidad de un ejecutado; saben que este suplicio suele ser lento, y vuelven a su corro para esperar lo último.

No te conocían, Señor. Estabas solo; los que te siguieron te dejaron, y escondidos en la ciudad también aguardaban y querían que todo acabase.

La ciudad, la obra de los hombres y lo menos humano, te mataba.

En los senderos de las aldeas, de los bancales y de la montaña; en los campos de viña, en la ribera del Genezareth, vivías confiadamente. Para presentir un peligro te había de llegar la palabra de la ciudad o habías de volver tus ojos hacia el horizonte árido y duro que ocultaba la ciudad que mata a los Profetas, la que Tú quisiste proteger y transportar bajo tus alas, como hace el ave con sus crías recién nacidas.

Mañanas de los ejidos que huelen a tahona. Siestas en un hortal galileo; olor de verano bajo las higueras calientes. Tardes en los oteros; las gencianas, el cantueso, las alhucemas, los lirios perfuman la orla de la túnica. Noches de las orillas del lago; aliento de la sal. Estrellas; anchura callada. En aquel tiempo, Señor, ¿no se estremecían tus entrañas de hombre dentro de una llama gozosa que subía calentando las cumbres de tu divinidad? ¿No pasó delante de tus ojos una promesa de bien del mundo que Tú modelaste, de la hermosura de los corazones, sin exigir el sacrificio de tu cuerpo? Te rodeaban las gentes creyéndote por amor, y en sus ojos Tú veías el júbilo honrado del paisaje, una humedad de lágrimas que te pedían la gracia y la salud; bebían la presencia tuya. Casi ya sonreíste, mirando hacia tu Padre, que está en los cielos, y casi ya le dijiste, mostrándole a sus criaturas:

— ¡Son mejores, Padre; son mejores de lo que Tú y yo creíamos en la soledad de la gloria! ¿Es que no será menester que yo muera?

La invocación que hiciste al Padre en la última noche estuvo a punto de prorrumpir, entonces, de tu boca, mojada de la delicia de las frutas y de la lluvia recogida en las cisternas. En aquel tiempo hubo horas dichosas para anticipar la plegaria, no sólo protegiendo a los once que permanecieron a tu lado y que después huyeron de Ti, sino amparando a todos. ¡Yo en todos, Padre, y Tú en mí!

Lo has ido recordando bajo los olivos y la luna de Gethsemaní, y ahora, en la cruz, desamparado y sediento.

Se oye tu grito de desconsuelo de hombre y de Dios: ...¡Oh Padre, es menester que yo muera!

Mueres desnudo, encima de un cerro que parece una vértebra monstruosa y calcinada. Tus fauces, de una sequedad de cardencha, asierran el aire; tus oídos se cuajan de sangre, cerrándote de silencio, silencio con un tumulto de latidos de cráneo, y calla para Ti la tierra que tanto amaste y el cielo donde ya no ves el camino que te trajo a los hombres; silencio de agonía, con un zumbar de moscas que chupan el sudor de los moribundos.

Un vaho de costra humana ha subido a tu nariz aguda de cadáver.

Han matado en Ti el hombre que era el arca de Dios, y quedará el rito y la doctrina intacta...

..................................................................

...La voz cansada y turbia del diácono va diciendo el *flectamus genua* al principio de las grandes plegarias. Después se postran descalzos los sacerdotes para besar la cruz recién salida del triángulo negro. *Ecce lignum crucis.*

Dos cantores claman:

«¡Pueblo mío! ¿Qué te he hecho, o en qué te he contristado? ¡Respóndeme!»

Señor: amaste y perdonaste. En la hora sexta te izarán en la cruz.

Prosiguen los versículos de los *Improperios.*

«...¡Y abrí el mar en tu presencia, y tú abriste con la lanza mi costado!»

Todo el coro va repitiendo:

«¡Pueblo mío! ¿Qué te he hecho o en qué te he contristado? ¡Respóndeme!»

No lo supo aquel pueblo, y este pueblo de ahora encuentra ya santificada la lanza que rasgó tu carne.

Están apagadas las lámparas; los altares, sin cirios y sin ropas; las sacras, caídas.

Pasa la luz por los canceles abiertos; en seguida se contiene en las losas. Humea la tiniebla de la nave, apretada de devotos que asisten a los Oficios.

En lo profundo alumbra desmayadamente el Monumento. Han envejecido las flores, las palmas y los damascos. El oro es casi ocre; la cera se arracima en los hacheros; el palio, plegado, se recuesta contra un muro; las alfombras quedaron como la hierba después de una romería. La Urna da un temblor de estrella en el amanecer.

El Monumento tiene un frío, una crudeza de intimidad perdida, un cansancio de capilla ardiente pasada ya la noche de vela.

...Principia la misa de Presantificados y desciende de los ventanales del crucero un humo trémulo de sol que florece de arcaicos colores en la piel de ámbar de una mujer llena de gracias de su cuerpo y de la primavera, una virgen con mantilla, arracadas de imagen y medias de seda. El carmesí de un manto de Rey, el violeta de una túnica de santa, el amarillo de las alas del ángel de una Anunciación, el verde de un campo bíblico, todo el iris de un vidrio miniado como la vitela de un Códice se hace carne de juventud, estampa una mariposa que palpita en el escote, en las mejillas, en la frente, en la blonda y en los cabellos.

El oficiante devuelve el incensario al diácono, recitando:

*Accedant in nobis Dominus ignem sui / amoris, et flamman aeternae caritatis...*

Los devotos, incluso una soltera ferreña, sobrina de un canónigo, y el mismo Maestro de Ceremonias, contemplan la mujer policromada místicamente de gloria de siglos. Sus ojos y su boca se vuelven zafiro, amatista, granate, calcedonia, topacio; son de una inocencia de perversidad exótica, mientras miran y rezan a Nuestro Señor Jesucristo enclavado, y rezando alza la faz siguiendo la orgía de colores; porque se adivina a sí misma bajo la proyección de un foco de magia, como el que alumbraba la danza de una bayadera de piel de serpiente que vino al teatro Principal...

...Las doce. La hora sexta. Las Siete Palabras, un sermón para cada uno de los siete gritos de la agonía de Jesús.

Señor: tus gritos de moribundo, gritos de entrañas hinchadas por las enfermedades que súbitamente engendra el tormento de la cruz; tus gritos convulsos de frío de fiebre bajo el sol de la siesta de Nisán; tus gritos de abandono en una cruz viscosa de gangrena y de sudores de tu desnudez son el origen de siete curvas oratorias. Un sexteto dilata la emoción de la palabra. De las torres de la ciudad sale el vuelo de las horas encima del silencio del Viernes Santo.

...Por la noche, después de la procesión del Entierro de Cristo y de los sermones de la Soledad, se cierran las iglesias como la casa de un muerto cuya familia se ha ido al campo para pasar allí el rigor del luto.

La ciudad también semeja cerrada como un patio muy grande lleno de luna, la luna redonda que se quedó mirando el sepulcro del Señor.

...Y antes de cenar los niños recortan las aleluyas del toque de Gloria.


## SÁBADO SANTO


Toda la casa duerme en el reposo sabático. No sale el ruido de la muela harinera, que es el rumor de vida de Israel, y en el sol de las tierras hortelanas no brilla la carne sudada de los siervos agrícolas, los fellats desnudos, flacos y grandes.

Josef de Arimathea va descogiendo y meditando los pergaminos de las filacterias. San Mateo le llama a este creyente «hombre rico»; San Marcos, «noble sanhedrita»; San Lucas, «varón bueno y justo»; San Juan, «discípulo oculto de Jesús».

Solitario de sus caudales, de su prosapia y de sus virtudes, ve hoy el desamparo de su pensamiento, la soledad de su fe en el Señor tendido ya una noche bajo la bóveda de roca que el patricio hizo cavar para su carne vieja.

Josef abandona los textos mosaicos y vigila el sepulcro. Han sellado el sepulcro los que niegan la resurreción del Rábbi; porque nada tan invencible como el súbito, el escondido y resbaladizo temor de que suceda lo que no se cree, y el saduceo, el fariseo, los sumos sacerdotes temen la resurrección del Cristo, aunque fuese impostura para ellos, y acuden a Poncio pidiéndole: «Manda que se guarde y selle el sepulcro hasta el día tercero, no sea que vengan los discípulos y hurten el cadáver y digan a la plebe: Resucitó de entre los muertos, y será el peor engaño.»

Josef se estremece pensando si no será ese miedo la equivalencia al otro miedo de los hombres de que no se cumpla lo que su fe les tiene prometido.

Quiere confortarse repitiéndose palabras de Jesús. El Señor ha dicho: «¡Por ventura fructificará el grano de trigo si no se le entierra!» Pero Josef siente ya el cansancio de los días y el de la aflicción del viernes tumultuario y trágico.

Hoy se ve solo a sí mismo. Las mujeres que asistían al Maestro preparan escondidamente los aromas y vendas para acabar de ungir el cadáver. Los discípulos han desaparecido. El Rábbi lo predijo con el profeta: «Dice el Señor de los ejércitos: Hiere al Pastor y se dispersará el rebaño.»

Josef se va acercando a la cripta. Hoy el silencio de la peña le traspasa la frente, se prolonga en el huerto, y el varón justo se vuelve a todo para escuchar.

Suben las golondrinas, volcándose rápidas y gozosas en el azul. Toda su verdad la tienen en sus alas, y el anciano mira la tarde y se angustia porque está solo con el muerto y su fe.

* * *

...Amanece el sábado calladamente. Las piedras quedaron goteadas de las hachas de las procesiones del viernes. Todavía remansa el olor de las flores pisadas, que se deshojaron sobre la cruz y hay un vaho de aceites y vinos de figón donde duermen los «nazarenos».

Sábado Santo de generosidades. Se extrae del pedernal la centella virgen, y de su fuego la luz que va prendiendo las lámparas sin mengua de la llama originaria. Así nos dice el Señor que nos demos nosotros. Se bendicen los trabajados grumos del incienso; suavidad que procede del ahínco y arde en las ascuas nuevas. Así ha de quemarse la palabra en el corazón puro. Se traza el signo de la cruz sobre la faz del agua, y ya el agua es molde de la carne. Así nos troquela la vida lo que no puede recogerse entre las manos.

El diácono mudó sus vestimentas moradas por los ornamentos blancos. El tronco del cirio pascual retoña cinco yemas de perfume reciente. Viene ya el cántico del «Exultet», el júbilo de la Aleluya vibrante de campanas.

Porque como el Señor ha de resucitar, no importa que nosotros le resucitemos antes del tercer día. No podemos vivir consternados tanto tiempo, y arrancamos un día de fe de dolor para pasar a la afirmación ancha del gozo.

Josef de Arimathea, el varón bueno y justo, permanecerá siempre solo el Sábado Santo, él solo con su fe, la verdadera fe, que hace sufrir, y la sepultura sellada.

# LA ASCENSIÓN

Para este día profiere David el salmo de júbilo y de triunfo: «¡Alzad, oh príncipes, vuestras puertas; abríos, puertas eternas, y entrará el Rey de la Gloria!»

Nosotros, en la víspera de la Ascensión, levantamos las puertas de la vida de ciudad para vivir el día escogido que llega palpitante entre el humo dormido al día nuevo. «Un día produce su palabra a otro día.»

Y sentíamos una timidez y como la virginidad de nuestros deseos y de nuestras acciones por la conciencia de saber que habríamos de vernos en la distancia de las horas.

...Olor de fresas y naranjas en manteles de familia; olor de espigas granadas, de rosas gordas encendidas, de retamar en flor, de fiesta vieja y magnífica.

Atravesaba el tren los paisajes, rasgando su paz, levantando a las alondras de las mieses.

Y los pueblos, pueblos morenos, trabajados, juveniles y nítidos, en tumulto de laderas o en quietud de llanura, se quedaban mirándonos; siempre había un ave que pasaba coronando la torre, y todos mostraban el rasgo, la tónica agreste que compendia la visión del lugar: un camino de chopos tiernos, estremecidos; un ciprés que acuesta su sombra en un portal; saúcos apretados con sus panes de flor que parecen emerger en la faz de aguas verdes inmóviles; un árbol del Paraíso que huele calientemente a tarde, a tarde de mi tierra —por los vallados de sus jardines asoma este árbol de plata y los geranios de fuego, y el no estar allí nos hace sentirnos allí, olvidándonos de que hemos de abrasarnos en la lumbre de ahora para que exhale el humo que será el pasado.

—¿Habrá olivar, siquiera un olivo, por donde mañana pasemos a mediodía?

Lo preguntaba como pidiéndolo una señora, llena de gracia, patricia y sencilla, de cabellos como un bronce glorioso, y los pies de un menudo aleteo infantil. Pertenecía a esa estirpe de mujeres que en todo ponen un cuidado, una ansiedad y una primorosa tristeza de madre que nos hacen buenos y confiar en la dicha.

Íbamos a los campos de Tarragona, y habría olivos. Los deseaba la señora para ver las hojas que se buscan y forman la cruz en la mañana de la Ascensión...

—¿Es que no lo creéis porque habéis mirado, ese día, los olivos, y no es verdad la leyenda? Y lo pronunciaba medrosamente. Pero nosotros nunca habíamos reparado en estos árboles en el mediodía de la Ascensión. De modo que por nosotros dormía la leyenda con su espina de oro de embrujamiento. Y quisimos también verlos a la hora que deben cruzarse, y no se cruzarían.

El P. Feijoo no creyó en las lámparas perennes del sepulcro de Palante, de Máximo Olybio, de Tulia, de los templos gentiles...[40]. Otros varones eruditos o rudos tampoco creerían en la realidad de estas luces perpetuas, que ardieron dentro de las losas y de sus siglos hasta que las azadas de los arqueólogos dejaron pasar el aire de fuera y el ambiente libre las mató; pero las lámparas siguieron encendidas para muchos, aunque no creyesen. Porque un hombre puede sonreír delante de la conseja que ya no cree y «todavía» podrá gozarla. Menos el P. Feijoo, que hizo un discurso contra las lámparas perennes y las apagó definitivamente para sus ojos.

...Oímos misa, misa de la Ascensión, vibrante de canarios, en una iglesia de enjalbiego y ventanas de molino, y entraba un cielo geórgico y un ruido de agua de acequias. ¡Si pudiésemos vivir siempre en este lugar! ... Y como no podíamos, quisimos ya marcharnos porque queremos «ese» instante, y ese instante necesita una seguida emoción para serlo y acendrarse evocadoramente. En aquella iglesia encalada resuenan todas las misas del día de la Ascensión, y si allí residiésemos siempre, llegaríamos a saber qué canario canta más cada año.

---

[40] Benito Jerónimo Feijoo y Montenegro (1676-1764). Autor del *Teatro crítico universal*.

...Todo el valle se ofrecía desamparado y extático a nuestra ansia. Llegaba el mediodía... Ahora estaban los discípulos del Señor cerca de Bethania, en la cumbre del Monte de los Olivos. Habían retornado de Genezareth porque venía la fiesta de las Primicias. Fue rápida y encendida de visiones esta última jornada en la tierra suya. Cuando la dejaron para celebrar la Pascua de Jerusalén, quizá se volvieron muchas veces a mirarla despidiéndose de todos los contornos; se iban con el señor a esperar el triunfo mesiánico. Y sonreían contemplando la Galilea, tan recogida y humilde. Todo cabía dentro de la emoción de lo familiar, como su celemín, su aljibe, sus redes...; y antes de ser llamados por el Rábbi Jesús, no tenían medidas los confines de su comarca. Y les mataron al Señor, y entonces la Galilea, retraída y suave, se alzaba prometiéndoles la clara memoria de la vida evangélica, el refugio de la presencia del Maestro resucitado. Otra vez la faena en las aguas cerradas del mar de Tiberíades, el sol del camino de Cafarnaum... Sentían al Rábbi entre ellos; venía su palabra encima del viento del lago; hallaban un signo de su aparición en la playa; las ascuas, los dos peces, el pan partido según lo rompían sus dedos... Pero llegaba la solemnidad de Pentecostés, y acataron el mandato de acudir. Se entornaba la emoción de la Galilea.

...Y en esta mañana suben al monte del olivar. La claridad de los cielos de Oriente se hace lumbre en la peña, en los senderos, en las tapias, en las vestiduras, en la piel. Calina y silencio de mediodía y de montaña, donde se oye el temblor de nuestro pulso prolongándose sobre toda la calma azul... Y oyen al Señor: les promete la virtud de su Espíritu; les anuncia que ellos han de ser sus confesores y testimonios en Jerusalén, en toda la Judea y Samaria y en todos los términos de la tierra... «Y cuando esto hubo dicho —escribe San Lucas—, se fue elevando y le recibió una nube que le ocultó a los ojos de ellos.»

...Nosotros caminábamos por un valle fértil; de la

frescura del verdor tierno salía un vaho de tierra estival, y encima de un otero plantado de vides resplandeció una nube blanca. ¡La Ascensión, la Ascensión!... Era la nube que, recogiendo y ocultando a Jesús, resolvió estéticamente que su figura divina se elevara sin menguar en las distancias de los cielos. Central inmaculado de la nube que ciñendo al Señor se modela y glorifica sobre su contorno. Y ya la nube no fue nube para la mirada, sino túnica y manto y carne, como otras veces semeja espumas, galeones, armiños enjoyados, paisajes polares... Recordamos las tablas o lienzos de asuntos religiosos: transfiguraciones, arrobos, theofanías[41], cuya sensación de gloria bienaventurada la infunde más el fausto escénico de lo azul y lo blanco que los mismos bienaventurados. Es una técnica que no podía comprender ni presentir un judío que desconoce o rechaza la imagen. Pero San Lucas tiene un origen pagano. San Jerónimo afirma que hablaba mejor el griego que el hebreo. Supo de Medicina y creen algunos que pintaba, y hasta se concretan sus pinturas.

...¡Mediodía de la Ascensión! Y la señora que se doblaba sobre todas las plantas del camino mirándolas, tocándolas, atendiendo la circulación íntima de cada tejido vegetal, dejándolas llenas de su cuidado, la señora corrió para acercarse a los olivares antes de las doce. La paz de las almantas nos acogió como una bóveda santísima. Se desnudaba la tradición..., y la señora cerró sus ojos y encima se puso la venda estremecida y fragante de sus manos, y por ella se cruzarán para nosotros las ramas del olivo, aunque no lo creamos.

En lo hondo de lo azul volaba y se rompía el vellón de la nube, y la voz de fray Luis cantaba en el otero.

> ...*Cuán rica tú te alejas;*
> *cuán pobres y cuán ciegos, ¡ay!, nos dejas!...*[42]

---

[41] *Theofanías:* Forma culta. Del griego θεοφανία: manifestación de Dios.

[42] Fray Luis de León, *En la Ascención.*

# SAN JUAN, SAN PEDRO Y SAN PABLO

En los días más anchos y gozosos del verano, la Iglesia nos ofrece las festividades de San Juan Bautista y de San Pedro y San Pablo. De los tres, escogen las gentes dos; los lleva y los trae con la popularidad más inflamada y placera, y casi se olvidan de San Pablo, el «apóstol de las gentes». Porque San Pablo no ha de agradecer a los hombres ni una luminaria de pólvora, ni danza, ni hoguera, ni una hora de servicio extraordinario de tranvías.

Si alguna bienaventurada entrometida, si algún ángel poco curioso de las cosas de este mundo se llegara a San Pablo para felicitarle del júbilo de la verbena de su víspera, se persignaría de susto y sofocación oyendo al apóstol: «¡A mí qué se me da de todo eso que decís! Contádselo a Pedro, y casi más que a Pedro, a Juan el Bautista, aunque el Bautista no sabrá ni palabra de todas esas galanías, coplas, burlas y agudezas con que se solemniza la madrugada y mañanica de San Juan, según me dijo un santo y flaco caballero, que no conocéis: San Quijote de la Mancha, quien presenció una verbena de San Juan en Barcelona, aunque lo niegue don Vicente de los Ríos...»[43].

San Pablo es capaz de saberlo. En sus tiempos, Saulo lee insaciablemente. Florecen en Tarso las Bellas Artes, la Filosofía, todas las disciplinas y gracias del saber, como en Alejandría y en Atenas. Hijo de padres judíos, puros y rígidos, lo llevan a las escuelas rabínicas farisaicas, y toma por maestro a Gamaniel. Convertido de súbito a la doctrina de Jesús, Pablo es el primer intelectual del cristianismo, que entonces sólo necesita de hombres de fe. Será siempre un solitario. Al principio se aparta tres años en lo profundo de Arabia para meditar y

---

[43] Vicente de los Ríos (1736-1779), autor de *Elogio histórico de Cervantes* y *Juicio crítico o análisis del Quijote*.

sentirse en Cristo. Después caminará solo; nunca cuida de auparse y lucirse con su predicación, ni sus prendas corporales le ayudan. «Porque, en verdad, sus cartas —dicen algunos— son graves y fuertes; mas la presencia de su cuerpo es flaca, y su palabra, remisa y sin adorno» (Cor. II, X).

Pero dice también él a los corintios: «En cuanto a mí, poco me importa ser juzgado de vosotros o de humano día.»

«En este triunvirato apostólico —Pedro, Pablo y Juan Evangelista, escribe Sepp[44]—, Pablo significa el elemento doctrinal; Pedro, el jerárquico; Juan, el místico y ascético. Y la Edad Media considera a Pedro como representación de la fe; a Juan, de la caridad, y a Pablo, de la ciencia.»

Bien se sabe que la ciencia pura no alcanza popularidad. ¿Es que en Pablo no hay acción, arranques y episodios emotivos? Toda su vida de cristiano se precipita en una inquietud temeraria, tajadora, insaciable. Su conversión es fulminante. Cae del caballo, y todavía revolcándose en el camino, lleno de sol, sube los ojos cegados por la gracia, y grita: «¡Señor, qué quieres que haga!»

«El rayo que le hiere —dice Hello[45]— manifiesta el carácter de San Pablo. San Agustín es atraído por un libro; los Magos, por una estrella; San Pablo, por un rayo... No perseguirá más a Jesús de Nazareth. Pero entonces, ¿qué hará? Hombre de acción, hombre de todas las acciones, reclama una vocación práctica.»

Lleva la palabra de Cristo a Chipre, Perge de Pamfilia, Antioquía, Iconio, Listra y Derbe de Licaonia. Atraviesa la Frigia y Galacia. Pasa a Macedonia. Funda las Iglesias de Filipos, Tesalónica, Berea. Convence en Atenas al areopagita Dionisio. Predica casi dos años en Corinto. Vuelve a Éfeso, a Jerusalén. Cruza el Asia Menor. Viene

---

[44] Juan Nepomuceno Sepp, historiador católico alemán (1816-1909), autor de *Vida de Jesucristo* y otras obras.
[45] Ernesto Hello (1828-1885). Autor de *L'Homme*.

a España. Recorre nuevamente Creta, Corinto, Éfeso. Troas, Macedonia. «¡Soy ciudadano romano!» Y le flagelan cinco veces, y tres veces le apalean. Es lapidado; conoce siete cárceles y sufre tres naufragios.

¡Labrador de corazones con el filo candente del suyo, y ya no queda multitud para él! Su vida varia, trabajada, aleteante, pródiga, nunca pierde los caudales de la serenidad de su pensamiento y de su verbo. Escribe y vigila. Inspira y guía el estilo de Lucas. Y nada ha de agradecer a los hombres. Ni siquiera se vale de los bienes de la Comunidad apostólica. Come de su trabajo de artesano. «Ordenado está que viva del Evangelio el que lo anuncia; pero yo no lo haré» (I Cor. IX, 13).

Nerón, César empachado, le manda degollar la misma tarde que crucifican a Pedro.

La Iglesia también los junta; pero la popularidad prefiere a San Pedro. ¡Víspera de San Pedro! ¡Verbena de San Pedro!...

Pedro es el primer jerarca. Se coloca delante, y la multitud siempre sigue. Pedro ha llorado por la flaqueza de sus negaciones. Las gentes se apiadan de esas lágrimas del apóstol, esas lágrimas de la noche del prendimiento del Señor. No necesitan ya saber las otras, la de toda su vida, para las que trae un sudario que nadie verá. Tanto llora, que se le agrieta la piel, y su carne semeja quemada, según dice San Clemente. Ha negado al Señor, creyéndole y amándole más que todos los discípulos. Cuando Jesús les previene en la postrera cena que uno de los doce le ha de entregar, Pedro porfía en saber el nombre del culpado, y el Maestro se lo oculta, «porque si lo hubiese sabido —escribe San Agustín— lo hubiera desgarrado con sus dientes».

Rudeza, fe, fragilidad, bravura y jerarquía, ímpetus y postraciones verdaderamente humanos, de humanidad de pueblo.

Ya bastarán para traerle la popularidad, aunque la popularidad de la víspera de San Pedro viene ya cansada del regocijo y jácara de la del Bautista, la figura más reciamente tallada de toda la hagiología[46], y cuya memoria se celebra al revés de lo que significa. He aquí el riesgo de la popularidad, y ninguna tan irremediable o tan indómita como la de los Santos. Resistirla fuera casi renunciar a su preeminencia en las moradas eternas.

Juan rechazó inflamadamente el acatamiento a sí mismo, y la curiosidad de las multitudes y de los enviados de los poderosos. Le buscaban, pidiéndole: «¡Dinos si eres tú Cristo!» Y Juan rugía: «¡Yo no soy el Cristo!» «¿Acaso eres tú Elías, eres el Profeta?» «¡No soy Elías ni Profeta: soy la voz del que clama en el desierto! Vosotros llegáis creyéndoos agradables a Dios, porque descendéis de Abraham. ¡Raza de víboras: yo os digo que de estas piedras puede Dios levantar hijos de Abraham!...»

Toda su predicación es amenazadora, flagelatoria, implacable. Penitencia, humillamiento de la carne, plegaria. Ni el soldado, ni el publicano, ni el sacerdote, ni el tetrarca, hacen vacilar la ardiente antorcha de su lengua. No halagará ni prometerá a sus mismos discípulos. Bravo, rígido, sólo porque precede al fuerte y es su voz en las desolaciones. Así nos muestra cómo ha de atenderse y acendrarse la emoción y la palabra en las soledades. Pero las gentes celebrarán delirantes, galanas, ahítas, enamoradas, ebrias y triscadoras, al que fue virgen y se vistió de pieles de camello, y nunca permitió unción ni navaja en su cabellera, porque estaba consagrado con voto de «nazir», y se alimentó de miel salvaje y de langosta de pedregal — «800 especies de langostas puras cuentan los rabinos» —, ni bebió bebida fermentada, ni asiste a más festín y danza que en las manos de Salomé.

Castidad indomable de esta lámpara ardiente del Jordán, y en torno de su nombre palpitan guirnaldas de mujeres bermejas de hogueras que ensangrientan el cielo de las noches de junio.

Fuegos de San Juan. Dicen que se encienden de la remota costumbre de juntar y quemar osamentas de

---

[46] *Hagiología:* tratado sobre los santos.

bestias. Porque se creía que los dragones, que vuelan, nadan y caminan, arrojan desde los aires su simiente a los pozos, hontanedas y ríos, para incitar a los malos pecados, y el más eficaz remedio contra el maleficio lo daba el humo de fogatas de huesos. También dicen que estas hogueras se hacen conmemorando las lumbres de los huesos de San Juan, quemados por los infieles en Sebaste —Jacques de Vorágine[47]—. «En las fiestas de Pales —Bares-diosa latina de la producción— encendíanse hogueras de paja y hierba seca, y se saltaba sobre las llamas, suponiendo que tenían la virtud de limpiar y absolver de toda culpa, lo mismo que se hace en nuestros pueblos la víspera de San Juan» *(Los nombres de los dioses,* de E. Sánchez Calvo)[48].

..................................................................

...No sé por qué ahora me veo, entre el humo dormido, en la clase de Metafísica de la Universidad de Valencia, y un condiscípulo muy aplicado, el señor Ribelles, largo, enjuto, austero, nos apostrofa denodadamente: «¡Ah, si Descartes[49] levantara la cabeza, qué diría!» ¿Y si San Juan, venciendo la pesadumbre de la tradición de sus reliquias, y juntando las mitades de la suya, que, según parece, se guarda repartida entre Roma y Amiens, se asomara por una rasgadura del cielo? Qué no diría, presenciando su popularidad en la tierra, ya difundida por los romances moriscos, donde se lee:

*La mañana de San Juan*
*salen a coger guirnaldas*

---

[47] Jacobo de Veraggio o de Vorágine, escritor italiano (1230-1298), autor de *Vida de los Santos (Flos Sanctorum).*
[48] Estanislao Sánchez Calvo, de Avilés. Murió en 1895. Autor de *Estudios filológicos, Los nombres de los dioses* y *Filosofía de lo maravilloso positivo.*
[49] René Descartes (1596-1650), famoso filósofo.

> *Zara, mujer del rey Chico,*
> *-con sus más queridas damas...*[50]

o aquellos otros versos de Pedro de Padilla, que comienzan:

> *La mañana de San Juan,*
> *de moros tan festejada,*
> *las cañas sale a jugar*
> *toda la flor de Granada...*[51],

o los villanescos de Alfonso de Alcabdete:

> *Yo me levantara, madre,*
> *mañanica de San Juan,*
> *vide estar una doncella*
> *ribericas de la mar;*
> *sola lava y sola tuerce,*
> *sola tiende en un rosal...*[52],

sin que más tarde se quede sin urdir su romance verbenero el muy grave y dulce don Juan Meléndez Valdés.

¡Verbena roja de amor y de vino, crepitante de fuegos, de bulla y de aceites de frutas de sartén!... Y el fosco Bautista acabaría por sonreír, diciéndose: «¡Ni las gentes ni yo nos habíamos enterado de nosotros, y resulta todo bien!»

De modo que ser célebre o santo consiste, por ahora, en ir rodando un nombre por este mundo. Y un año más.

Esos «años más» dejan el humo que se para, el humo dormido de un día, que, como el del santo nuestro, el de Reyes y el de todos esos días tan inmóviles y veloces, tienen su más sabrosa emoción en la víspera...

---

[50] Del romance anónimo *Boabdil y Zara* (III), en *Romancero general*, I, núm. 112, Madrid, Biblioteca de Autores Españoles, 1877.

[51] De su romance *Abdalla,* núm. 233 del *Romancero general,* I, ed. cit.

[52] Alfonso de Alcaudete o Alcabdete, poeta español del siglo XVI. Versos de su romance que figura con el núm. 1577 del *Romancero general,* I, ed. cit.

Está con su hermano y su padre en la ribera, cosiendo las redes. Llega la voz de Jesús, y los dos hijos se levantan y la siguen.

Pasando por tierras de Samaria, envía el Señor a buscar posada. No se la dan los samaritanos por la malquerencia que ellos y los judíos se tienen. Santiago y Juan se arrebatan y gritan:

— ¡Maestro, deja que pidamos fuego del cielo que los devore!

El Señor les llamaba «Benireges» (hijos del trueno). «Boanerges», según la fonética galilea.

Después de la Ascensión, Santiago siembra la doctrina evangélica en España. No recoge mucha mies: nueve conversiones, cuentan algunos; una nada más, apuntan otros.

Vuelve a la Judea. Su poder de taumaturgo pasma a las gentes. Sólo tocando el paño de su cuello se libra Philetus del maleficio de Hermógenes, y su palabra reduce a este mago y ata los demonios.

Es el primer apóstol que muere de suplicio. Lo manda degollar Herodes Agripa. Camino de la muerte, sana a un paralítico y bautiza al que le arrastraba de las ataduras. Los dos reciben igual martirio.

Toman los discípulos el cuerpo de Santiago y lo llevan a Jaffa; de aquí navegan en un bajel sin timón. Arriban a las costas ibéricas de Iria. Ponen el sagrado cuerpo sobre un macizo de mármol; la piedra se funde como la cera para que el cadáver penetre, y así se labra el sarcófago. Queda desconocido; crece un bosque y lo cubre.

Y dice el P. Mariana: «Con el largo tiempo y con este olvido tan grande, el lugar en que estaba se hinchó de maleza, espinas y matorrales, sin que nadie cayese en la cuenta de tan gran tesoro, hasta el tiempo de Teodomiro, obispo iriense.»

En los días de tan venerable varón aparecen, de noche,

luces clarísimas y portentosas dentro de un apartado boscaje. Corre el ermitaño Pelagio[53] a decirlo. Acude el obispo y ve brillar una estrella de resplandores maravillosos. Se monda y cava el terreno y descúbrese un sepulcro: es el del apóstol. La comarca recibe el nombre de Compostela, de «Campus Stellae», «Campus Apostoli», «Giacomo Apostolo». Don Alfonso el Casto levanta la primera iglesia compostelana.

A Teodomiro le sucede en la diócesis Ataúlfo. Cuatro siervos de los campos del templo acusan a Ataúlfo de un pecado horrendo.

Reinaba en Asturias Ordoño I, «padre del pueblo». El cronista de Galicia, don Fernando Fulgosio[54] insiste en elogiar la «mansa condición y las apacibles costumbres» de este monarca, «el más querido del mundo», quien, sabedor de las acusaciones contra Ataúlfo, le llama a su presencia.

Revístese de pontifical el prelado; dice misa, y todavía con los ornamentos del altar se presenta en la Corte. El manso rey, sin oírle, le suelta un toro bravo, agarrochado, y mordido de perros feroces. El obispo hace la señal de la cruz, y la bestia se le humilla y le entrega la cuerna. Ataúlfo la toma. Antiguamente estuvo colgada como exvoto en la catedral de Santiago.

Sube la devoción al sepulcro del Apóstol.

Fue Ordoño el vencedor de la legítima batalla de Clavijo. La lanza del dulce Ordoño se hunde tres veces en el cuerpo de Muza, el renegado. La tradición traslada esta victoria a Ramiro I, «el de la vara de la justicia». Origina esta leyenda el relato del arzobispo don Rodrigo[55]. Antojósele a Abderrahmán de Córdoba recordar a Ramiro el tributo de las cien doncellas, pagadero desde Mauregato. Enciéndese en cólera el rey cristiano. Penetra

<hr>

[53] San Pelagio, obispo de Iria Flavia, hoy Padrón (La Coruña).

[54] Fernando Fulgosio, (Orense 1831-1873), autor de diversos trabajos históricos.

[55] Rodrigo Jiménez de Rada (1180-1247), primado de España, autor de la obra histórica *De Rebus Hispaniae*.

con su ejército en tierra riojana; tópase con los moros; se acometen; quedan muy descalabrados los creyentes; retíranse a llorar su desgracia en el recuesto de Clavijo. Adormécese el rey, y en sueños se le presenta el Apóstol, alentándole a seguir la pelea. Viene el día. Se arremeten los ejércitos y aparece el Apóstol en los aires, caballero en un corcel blanco y empuñando una espada y una blanca bandera cruzada de rojo. «¡Santiago, Santiago, cierra España!», apellidan los cristianos, y entre ellos y el Santo degollaron sesenta mil moros. No tienen más coraje los dioses en la guerra de Troya. Aquí se premia al Santo haciéndole soldado de caballería y particionero en los despojos del enemigo; además, se obliga España a pagarle en su iglesia cierta medida de trigo y mosto de cada yugada de sembradura y viña.

El Apóstol seguirá apareciéndose en hábito de romero o de soldado.

Pero cada día hubo más santos que también se aparecían y ayudaban a los hombres. Ya no quedará comarca, ciudad, pueblo, aldea ni caserío sin santo patrono, con inflexibles aledaños de devoción.

El venerable maestro de la Liturgia, R. F. Cabrol[56], abad de Farnborough, escribe: «Se ha dicho que los dioses del paganismo han sido trocados en santos, o también: que el vulgo sustituyó a sus ídolos por otros bautizados con distinto nombre. Es rigurosamente histórico que en ciertos lugares el culto de un dios fue suplantado por el de un santo; mas esta transformación no debe sorprendernos. La Iglesia no ha venido a destruir el sentimiento religioso, sino a purificarlo y ennoblecerlo.»

Ahora recordamos que Cicerón pone en labios de uno de los que dialogan en su tratado *De la naturaleza de los dioses* estas palabras: «Vemos que todos los mortales suelen atribuir a los dioses los bienes exteriores, la abundancia de frutos, toda comodidad y prosperidad de

---

[56] Fernando Cabrol, escritor religioso francés, nacido en 1855. Autor, entre otras, de las obras *Les origines liturgiques* y *Le culte catholique*.

la vida, y, por el contrario, nadie dice haber recibido de los dioses la virtud... Cuando vemos acrecentada nuestra hacienda, cuando hemos alcanzado algún bien fortuito o nos hemos librado de algún mal, damos gracias a los dioses. ¿Quién se las dio nunca por ser hombre de bien?»

Ni a ellos, ni quizá al mismo glorioso Apóstol.

* * *

Críticos ortodoxos rechazan las tradiciones españolas anotadas. Pero la estampa que sale de manos de la leyenda no puede enmendarse. Es el milagro de la fe y del humo dormido...

Colección Letras Hispánicas